MARIO ARANHA

BRASIL TUMBEIRO

"O racismo no Brasil se caracteriza pela covardia. Ele não se assume e, por isso, não tem culpa nem autocrítica. Costumam descrevê-lo como sutil, mas isso é um equívoco. Ele não é nada sutil, pelo contrário, para quem não quer se iludir ele fica escancarado ao olhar mais casual e superficial."
(Abdias do Nascimento)

M•STARDA
EDITORA

1.ª EDIÇÃO - CAMPINAS, 2021

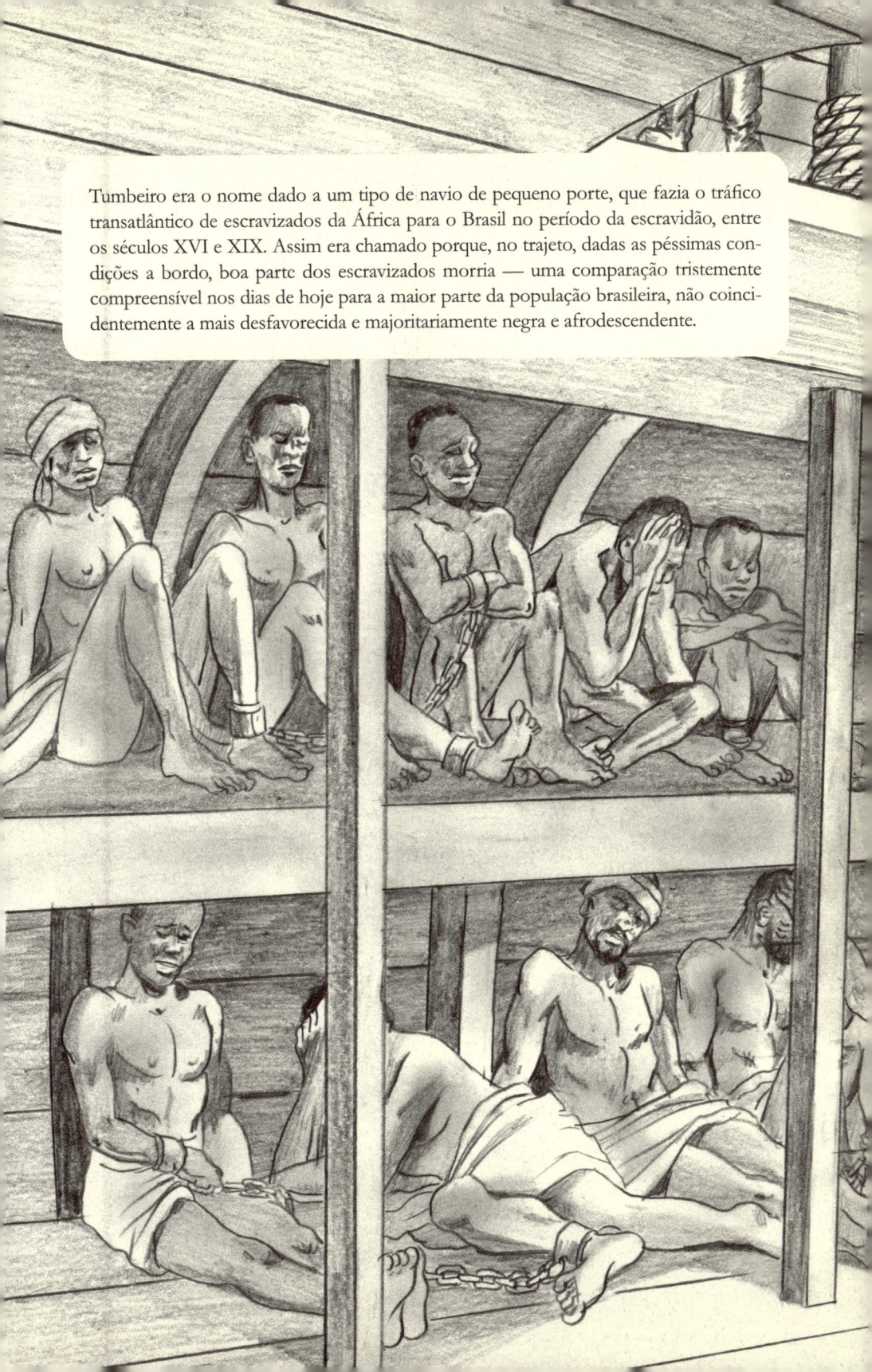

Tumbeiro era o nome dado a um tipo de navio de pequeno porte, que fazia o tráfico transatlântico de escravizados da África para o Brasil no período da escravidão, entre os séculos XVI e XIX. Assim era chamado porque, no trajeto, dadas as péssimas condições a bordo, boa parte dos escravizados morria — uma comparação tristemente compreensível nos dias de hoje para a maior parte da população brasileira, não coincidentemente a mais desfavorecida e majoritariamente negra e afrodescendente.

MARIO ARANHA

Prefácio
Um autor e suas escolhas

Não pensei em escrever um livro cheio de grandes pretensões, pelo contrário, ele se constitui pela humildade de conter o mínimo que todo brasileiro, negro ou não, deveria saber sobre a história do negro no Brasil. A propósito, BRASIL TUMBEIRO nem chega a ser um título, e sim, como o livro, uma triste constatação, porém necessária, acerca de sua importância, bem como da de outros tantos livros que abordam o assunto.

Sabemos que a maioria da população brasileira é constituída por negros e afrodescendentes. E essa não é a maior ignorância que acomete a história do negro no Brasil. No entanto, o desconhecimento se inicia quando não se tem a necessária consciência de que essa maioria é meramente matemática. A raiz das mais significativas e persistentes ignorâncias, a começar pelo racismo e a sua relação íntima com o atraso e a desigualdade social, é que faz essa maioria não ter a menor importância. Isso para ficarmos apenas no princípio provocador de problemas ainda maiores, como a violência policial e a ausência de uma cidadania plena em que igualdades de oportunidades educacionais e profissionais, se não são fáceis de serem percebidas, se tornam fáceis de serem vistas no dia a dia de cada um de nós. Sob esse aspecto, talvez fique fácil compreender a escolha do título BRASIL TUMBEIRO, que se origina na relação entre o aspecto histórico do termo e o cotidiano de dificuldades que atinge essa maioria.

Nele, facilmente se percebe a violência que arrancou os primeiros dentre milhões de negros escravizados do continente africano, desumanizados pelo cativeiro, submetidos a condições inimagináveis de transporte, em que muitos sucumbiram à fome e à doença, tendo os navios como túmulo e o mar como sepultura anônima e indigna. Em tudo semelhante ao cotidiano de mortes dos verdadeiros tumbeiros habitacionais, que são as comunidades espalhadas pelas periferias das grandes cidades brasileiras, onde doenças perfeitamente tratáveis, como tuberculose e sarampo, ainda fazem vítimas com extrema facilidade, e a violência policial privilegia com suas balas os jovens negros e afrodescendentes entre 14 e 25 anos, em 92% dos casos registrados no país — um quase genocídio distante das primeiras páginas dos jornais.

Os tumbeiros da desigualdade, que antes transformavam homens e mulheres escravizados em mercadorias, que podiam ser vendidas, alugadas ou trocadas a gosto de seus proprietários, hoje transbordam na exploração da mão de obra desqualificada por um sistema de ensino excludente e igualmente racista. Os tumbeiros que se alimentavam dos sonhos de alforrias compradas a peso de ouro em outros tempos, hoje vendem os sonhos da redenção pelo esporte ou pela arte, os quais frequentemente lançam muitos à morte anônima nos mares da frustração e do ressentimento.

Uma consciência lenta e penosamente adquirida me levou a recusar a expressão "navio negreiro" e a usar mais livre e espontaneamente "tumbeiro", por nos remeter à verdade mais palpável de um Brasil onde os negros nunca fizeram parte dos planos de cidadania. Depois de séculos de exploração, os escravizados se transformaram em trabalhadores desqualificados e em estorvo para um projeto de nação que jamais se tornou realidade. Um Estado a serviço de uma elite de privilegiados, em que a escravidão das correntes e do açoite, como dizia o refrão de um antigo samba da Mangueira, foi substituída pela miséria — e pelo distanciamento — das favelas.

A grande maioria dos que lerão este livro talvez já conheça um ou outro personagem ou alguns fatos que serão apresentados. Fatos que aparecem resumidamente nos livros escolares, em que pacientemente construíram a nossa subalternidade ou frustraram o nosso crescimento com toda sorte de obstáculos...

As histórias são muitas no Brasil, mas as que nos contam são as grandes narrativas da conveniência e da acomodação a destinos cuja construção não coube muitas vezes a nenhum de nós. Entre elas, temos uma que nos diz que, num belo dia de maio de 1888, a Princesa Isabel libertou os escravizados, e que muitos deles viveram em um quilombo chamado Palmares. A narrativa oficial nos passa a impressão de que foram alguns anos e não praticamente um século de luta e resistência desses escravizados. Por esses caminhos também nunca cruzamos com nomes como Manuel Congo ou Luíza Mahin.

Nas páginas que iluminam o desconhecimento, ouviremos falar da Frente Negra Brasileira e dos irmãos Rebouças (engenheiros André e Antônio), de Luiz Gama (advogado), de Juliano Moreira (médico). E dos temidos Lanceiros Negros, que estiveram entre os mais valentes combatentes da Guerra dos Farrapos e acabaram traídos pelos próprios companheiros de luta.

Sinceramente, eu gostaria de ter posto todos os que eu mesmo descobri ao longo desses anos em que pesquisei. No entanto, como disse, este é um livro despretensioso, o pontapé inicial para coisas ainda maiores, verdadeiramente grandiosas. Uma isca sedutora para que os leitores possam, como eu, se aventurar pelas páginas de livros e revistas, buscar em bibliotecas, mas também em *sites*, *blogs* e quaisquer espaços de informação, mais e mais aspectos da história do negro que possam lhes mostrar, como mostraram a mim, que tivemos o nosso quinhão de dignidade e lutas nessa história do Brasil.

Afinal, somos protagonistas da história. Ao contrário do que disse um dos maiores escritores deste país, o afrodescendente Lima Barreto, quando pudemos, não fomos plateia no Brasil, estimulados apenas a aplaudir uma elite egoísta e interessada apenas em explorar boa parte do país; antes, porém, lutamos por nosso verdadeiro espaço. Deixamos nosso legado com corpos escravizados, mas, principalmente, com sangue.

SUMÁRIO

INTRODUÇÃO 11

PARTE I

    HERÓIS NEGROS 19

    GANGA ZUMBA 23

    PALMARES POR DENTRO 26

    ZUMBI 28

    DANDARA E TEREZA DE BENGUELA 32

    LUÍZA MAHIN 36

    LUIZ GAMA 37

    OS IRMÃOS REBOUÇAS 40

    FRANCISCO JOSÉ DO NASCIMENTO 43

    JOÃO CÂNDIDO E A REVOLTA DA CHIBATA 45

    MACHADO DE ASSIS 48

    JOSÉ CARLOS DO PATROCÍNIO 50

    BAQUAQUA 54

    ROCHA E OS IRMÃOS ASSUMPÇÃO 57

    JULIANO MOREIRA 59

PARTE II

A administração da escravidão 63
Capitão do mato 68
Capoeira 71
Pés descalços 74
Tensão permanente 75
Os Lanceiros Negros 77
Tigres 80
A Revolta dos Malês 81
Lei Feijó 83
Lei Eusébio de Queirós 84
A grande guerra do Brasil 86
A Lei do Ventre Livre 89
Aracape ou redenção? 91
Empurrando com a barriga: a Lei dos Sexagenários 93
O Quilombo do Leblon 94
Lei Áurea — começo ou fim? 97

PARTE III

Racismo e preconceito 101
Teorias 104
No futebol 106

Introdução
Escravidão

Para início de conversa, vale a pena esclarecer que a escravidão fez parte das grandes civilizações humanas, e os negros não foram os únicos a serem escravizados. Povos derrotados em guerras e suas tropas vencidas foram os primeiros escravizados de que se tem notícia.

Em narrativas bíblicas do Velho e do Novo Testamento, encontramos menções a vários escravizados (Tamar, José, etc.). Para muitos estudiosos, a própria palavra "escravo" tem sua origem na palavra "eslavo", que em tempos antigos definia as populações a leste da Europa. Muitos eslavos foram capturados e vendidos como escravos, tanto em impérios no oeste do continente e mesmo no norte da África como em várias partes do que hoje conhecemos como Oriente Médio.

Na Antiguidade e até meados da Idade Moderna, muitas sociedades escravizavam seus próprios membros por motivos como dívidas ou sujeição temporária por causa da perda de pais ou responsáveis (no caso de crianças). Em algumas, inclusive, encontravam-se instituições sociais, estranhas aos nossos olhos, com escravidão voluntária, nas quais algumas pessoas se tornavam voluntariamente escravizadas sob determinadas circunstâncias. Mesmo hoje, em várias partes do continente asiático e do próprio continente africano, a escravidão ainda persiste por razões religiosas e por ancestralidade, como no Mali e e em alguns países da África Subsaariana.

O grande diferencial no caso da escravidão como a conhecemos — essencialmente africana — deu-se e intensificou-se com o advento da exploração comercial das novas colônias americanas por parte dos europeus em meados do século XVI. O fracasso da escravização das populações indígenas e a expansão das grandes plantações nas Américas gerou a necessidade de mão de obra escravizada, e, a partir dessa época, a escravidão se investiu de um efetivo caráter comercial.

Sob esse aspecto, muitos autores falam sobre uma efetiva participação de reinos africanos no tráfico negreiro e alegam que a escravidão já existia no continente e, portanto, não foi uma instituição levada pelo mercador europeu. Realmente a escravidão existia no continente africano e nem foram os europeus os primeiros a negociar escravizados negros no sul da África e em reinos islamizados na África Subsaariana. Entretanto, as relações entre escravizados e escravizadores se faziam distintas e sob outros aspectos até meados do século XVI, quando o tráfico de escravizados transformou-se em um empreendimento verdadeira e intensamente mercantil, com grandes apoiadores e envolvimento tanto de vários reinos africanos quanto de investidores europeus que enriqueceram com o tráfico. Nos dias de hoje, movimentos como o *Black Lives Matter* incluem, entre suas várias reivindicações, a remoção ou a destruição de monumentos em países europeus, como França e Inglaterra, dedicados a financiadores do tráfico de escravizados.

A escravidão que conhecemos e estudamos tem raízes profundas na história brasileira e surgiu no período da instituição de grandes plantações comerciais, como a da cana-de-açúcar e, a partir do século XIX, a do café. Portanto, ela se estabeleceu dentro desse contexto absolutamente comercial em que o escravizado é transformado em mercadoria, para a qual se estabelecem preços, e ele pode ser vendido, alugado, trocado e, principalmente, torna-se propriedade, como um cavalo ou uma vaca.

A própria religião dominante, no caso a católica (mais do que a protestante), envolveu-se na criação de justificativa religiosa para a escravidão. Geralmente apoiados em textos do Velho Testamento da Bíblia, como em Gênesis 9:21-25:

> [...] Bebeu do vinho, embriagou-se e ficou nu dentro de sua tenda. Cam, pai de Cannaã, viu a nudez do pai e foi contar aos dois irmãos que estavam do lado de fora. Mas Sem e Jafé pegaram a capa, levantaram-na sobre os ombros e, andando de costas para não verem a nudez do pai, cobriram-no. Quando Noé acordou do efeito do vinho e descobriu o que seu filho caçula lhe havia feito, disse: "Maldito seja, Canaã! Escravo de escravos será para os seus irmãos".

Assim, atribuíam ao amaldiçoado filho caçula de Noé a origem dos povos africanos, os escravizados capturados na África, que eram batizados e enviados para as Américas — e em menor quantidade para alguns países europeus —,

Brasil tumbeiro

onde, para pagar pelos pecados de seu antepassado bíblico, deveriam se submeter à escravidão.

Nomes famosos da Igreja Católica no Brasil, como o Padre Antônio Vieira, falavam abertamente em favor da escravidão, e, mesmo já no final do século XIX, quando todos clamavam pela libertação dos escravizados, muita gente importante se apresentava contrária à Abolição, como o escritor José de Alencar, que dizia em vários artigos que libertá-los levaria o Brasil à ruína e ao caos econômico e social.

Nos primeiros anos da escravidão, a partir de 1539, pouco ou nenhum cuidado mereciam os escravizados. Lançados aos porões dos tumbeiros, amontoados de qualquer maneira e praticamente sem alimentação, por quarenta e cinco dias, os recém-capturados misturavam-se a seu próprio vômito, fezes e urina, disputando espaço com ratos e outros tantos insetos. Ocasionalmente subiam para a proa ou popa abarrotadas de mercadorias e eram lavados e obrigados a se movimentar, muitas vezes por meio de açoites, para readquirir alguma mobilidade, pois passavam dias e até semanas inteiras deitados nos porões, com cãibras tão frequentes como as mortes por inanição e doenças. Às mulheres aprisionadas reservavam ainda a indignidade do estupro. Muitas preferiam se suicidar a se submeter a tais suplícios, e a seus corpos se juntavam os dos mortos nos porões.

Calcula-se que cerca de 40% da carga humana embarcada em feitorias na costa africana sucumbia ao morticínio da travessia transatlântica. Um grande número de escravizados era vitimado por uma fortíssima depressão, causada pela ansiedade de querer retornar para casa, o que viria a acontecer também com aqueles que, chegados ao Brasil, seriam vendidos e levados às plantações de açúcar no Nordeste, às minas de ouro, às lavras de extração de ouro e diamantes em Minas Gerais, e, a partir do século XIX, para as plantações de café no Rio de Janeiro e em São Paulo, principalmente.

Com pouca ou nenhuma regulamentação do tráfico negreiro nos dois primeiros séculos do período colonial, à brutalidade da escravização no continente africano e da travessia do Oceano Atlântico sucediam-se a venda e a exploração sem limites, o que reduzia drasticamente a vida de quase a totalidade dos escravizados. O trabalho era desumano nas fazendas, a alimentação, mesmo nos séculos seguintes, na maioria das vezes se resumia ao que chamavam de "ração diária", e os castigos corporais, por demais frequentes, eram inimagináveis em termos de crueldade. Naturalmente, diante de quadro tão assustador, a exigência por novos escravizados era frequente, e o tráfico se tornou uma indústria das mais rentáveis — o que levaria a colônia brasileira (que era proibida de ter fábricas ou outras empresas, sendo obrigada a manter apenas plantações e a comprar tudo o que precisava de Portugal) a se envolver cada vez mais nessa atividade. Em pouco mais de um século, muitos dos endinheirados do Brasil seriam traficantes de escravizados; isso os faria conquistar o verdadeiro poder e os governos, particularmente, de Pernambuco, Bahia, Minas Gerais e Rio de Janeiro.

Em torno do tráfico prosperaria uma grande diversidade de profissões e profissionais, como os feitores, responsáveis pela vigilância sobre os escravizados, pela produtividade e pela aplicação de castigos àqueles que na sua opinião eram definidos como preguiçosos. Eles seriam também os encarregados das relações com os chamados capitães do mato, cuja atividade se relacionava à perseguição dos escravizados fugidos e, mais raramente, ao combate dos primeiros quilombos que surgiam nos pontos mais remotos da colônia brasileira. Pequenos artesãos e ferreiros se ocupavam com a produção dos vários apetrechos relacionados à submissão dos escravizados, tais como correntes, colares, máscaras, palmatórias, chicotes e outros tantos objetos que tinham por finalidade, praticamente exclusiva, manter a obediência e arrancar de cada escravizado a maior produtividade possível. Com frequência, as roupas dos escravizados, extremamente ordinárias e de baixíssima qualidade, também eram produzidas na colônia.

No caso dos vários instrumentos de castigo e tortura usados contra os escravizados, sua utilidade maior nem era exatamente castigá-los, mas humilhá-los, como o colar e as várias máscaras, geralmente de lata, e intimidá-los, como o tronco de madeira em que o escravizado fugitivo ou considerado rebelde era preso e chicoteado repetidamente — alguns castigos aplicados chegavam ao absurdo de cem ou duzentos golpes. O tronco e sua contrapartida de pedra, o pelourinho, geralmente eram erguidos na praça central das cidades e vilas ou em ponto de destaque das fazendas, para servir de advertência a todo plantel de escravizados. Os vários tipos de chicotes viviam pendurados em locais onde pudessem ser vistos ou apareciam nas mãos de feitores, fazendeiros e mesmo de suas esposas e filhos. A palmatória, mais comum a mulheres e a pequenos artesãos, como sapateiros e ferreiros, prestava-se a ameaçar os escravos que eram conhecidos como "de ganho" — que saíam para praticar pequenas tarefas e ofícios e retornavam para a casa de seus senhores para entregar os valores auferidos durante o dia. Todos temiam que a violência dos castigos da palmatória causasse danos irreparáveis em suas mãos, o que os tornaria imprestáveis para o seu ofício e causaria sua devolução imediata para as plantações, onde as condições de trabalho eram bem mais implacáveis.

A intimidação desumanizava. Criava o temor sempre presente que desestimulava sentimentos como fraternidade, solidariedade e, acima de tudo, confiança; por outro lado, estimulava atos como a delação. Em tal ambiente de permanente temor e suspeita, as fugas e insurreições costumavam não prosperar, e a descoberta de umas e outras produzia castigos coletivos e violência crescente.

Dentro do sistema escravocrata, verifica-se, então, que as liberdades individuais e coletivas são duramente cerceadas, não há direito ao não, à escolha, de modo que, tal qual este livro, todo ato de liberdade por parte dos oprimidos se torna uma revolução.

A obra que se apresenta a seguir busca deixar bem claro esse aspecto da apagada história da comunidade negra no Brasil. Houve resistência, houve constante revolução. Assim, dividida em três partes, ela pretende apresentar, por meio de biografias e comentários pessoais do autor a respeito dessa história revista, uma outra possibilidade de se enxergar o lugar em que vivemos, de se compreender enquanto sujeito e de aprimorar as relações com o Outro e com o mundo.

PARTE
I

Heróis negros

Durante muito tempo, os livros escolares, principalmente aqueles voltados para o ensino de História, quando tocavam no capítulo vergonhoso da escravidão, refletiam uma proposta muito comum de amenizar o drama que foi essa parte de nossa história, que muitos estudiosos classificavam como "escravidão branda" (como se isso fosse possível), e praticamente invisibilizar o papel do negro na luta por sua própria liberdade. Um absurdo completo que vitimava sobretudo a autoestima de crianças e jovens.

Como assim? Aceitamos passivamente a escravidão com todo o seu repertório de injustiças e violências, a começar obviamente pela própria privação da liberdade? Seria possível? Os negros aceitavam e não se revoltavam contra a escravidão? A libertação dos escravizados teria sido apenas obra de homens e mulheres brancos generosos ou políticos temerosos das críticas e pressões crescentes da Inglaterra e de outros países que condenavam a escravização brasileira? Nunca fizemos nada para nos libertar?

Tais perguntas me acompanharam durante muitos anos nas escolas que frequentei e apareciam mais e mais à medida que eu me chateava nas aulas de História, inconformado e envergonhado. O tempo foi passando e, aos poucos, lendo aqui, lendo ali, e encontrando outros livros e revistas, fui me defrontando com outra realidade. Neles descobri uma outra história da escravidão no Brasil, que estava sendo escrita — ou seria mais adequado dizer reescrita?

A primeira coisa que descobri, que foi fundamental para melhorar minha autoestima, foi que os escravizados sempre resistiram, de várias maneiras, ao cativeiro e principalmente à violência e desumanização cotidianas do trabalho forçado; a segunda, foi Ganga Zumba.

Um importante dramaturgo alemão do século XX, Bertholt Brecht, afirmava: "Miserável país aquele que não tem heróis. Miserável país aquele que precisa de heróis". Um ponto de vista respeitável e que contém alguma verdade. No entanto, no caso específico das crianças e dos jovens negros brasileiros, condenados desde sempre

Mario Aranha

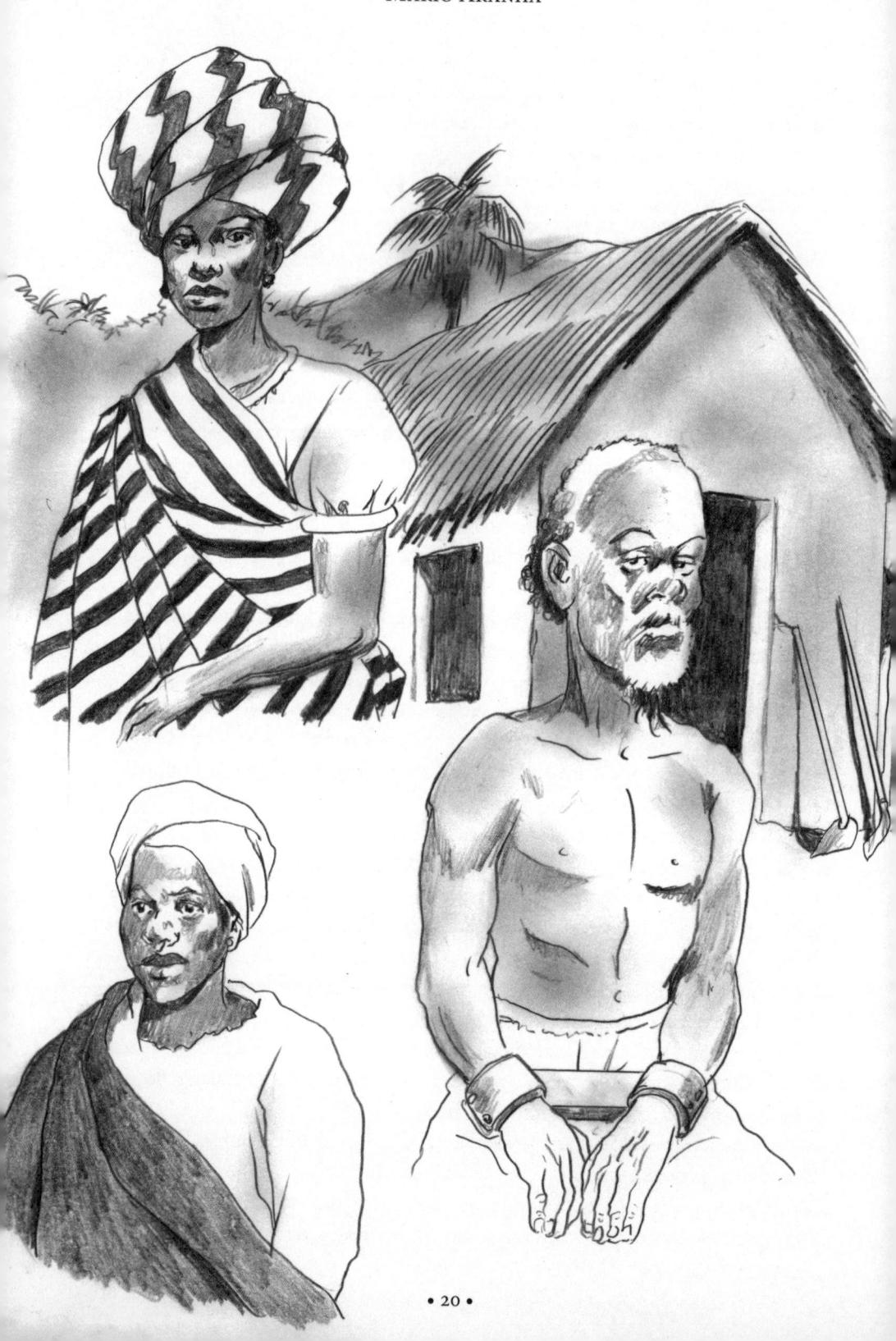

a uma invisibilidade estrutural no país em que nasceram e cujos antepassados tiveram papel destacado na sua construção, embora deixados de lado no que concerne a uma cidadania completa, eu me sinto mais à vontade usando uma conhecida máxima da publicidade que diz que "aquilo que não é visto não é comprado" — no nosso caso, significa que não somos vistos no país em que somos 54%, ou seja, a maioria.

Não estamos, como deveríamos estar, nas telas da televisão e do cinema, no teatro; não somos protagonistas na maioria dos livros e revistas. Os mais notáveis afrodescendentes que ultrapassavam essa barreira de preconceito e racismo cotidiano ainda enfrentavam até há pouco tempo o obstáculo do embranquecimento, ou seja, eram apresentados como brancos ou mais frequentemente como uma categoria étnica à parte: o moreno, mulato ou pardo, quer dizer, a negritude mais clara e, portanto, aceitável.

Queiramos ou não, ainda precisamos não só de heróis, mas também de nos ver na publicidade, entre os protagonistas de filmes e telenovelas, entre nossos prefeitos, vereadores e outros tantos políticos. Por isso foi tão importante descobrir Ganga Zumba! Outros tantos nomes se seguiram a Ganga Zumba. Gente valorosa, gente corajosa, guerreiros temíveis e, contrariando o senso comum racista, de grande inteligência.

Aqualtune, uma princesa africana, mãe de Ganga Zumba e grande comandante militar, chefiou mais de dez mil homens em luta contra Portugal, defendendo seus territórios no Congo. Derrotada e vendida como escravizada, acabaria em um engenho em Alagoas, de onde fugiria para se juntar aos palmarinos na Serra da Barriga. Seria mãe de Ganga Zumba, Gana Zona e Sabina — esta última viria a ser a mãe de Zumbi.

Aleijadinho, o formidável escultor e arquiteto mineiro; Mestre Valentim, paisagista e arquiteto; Padre José Maurício, músico e compositor; Maria Firmina dos Reis, professora e escritora; Luiz Gama, escritor e ativista político que, como rábula (advogado sem diploma, mas com autorização para exercer a profissão), libertaria mais de quinhentos escravizados usando uma das leis "para inglês ver", a de 1830; André Rebouças, engenheiro e ativista político — se o seu projeto de libertação dos escravizados tivesse sido usado pelo Império e, um ano depois, pelos republicanos, como parte de uma reforma agrária, provavelmente o destino dos ex-escravizados tivesse sido completamente diferente.

Francisco José do Nascimento, o Dragão do Mar, jangadeiro e ativista político que liderou a rebelião dos jangadeiros do Ceará, que se recusaram a transportar escravizados em suas embarcações, decretando o fim da escravidão em seu estado ainda em 1884; Machado de Assis, escritor, jornalista e poeta, considerado o maior romancista brasileiro de todos os tempos, que faz parte da trindade dourada de nossa literatura afro-brasileira, juntamente com Lima Barreto e Cruz e Sousa.

Estêvão Silva, pintor, desenhista e professor; José do Patrocínio, farmacêutico e ativista político, que se tornou conhecido como o Tigre da Abolição por participar do movimento abolicionista; Theodoro Sampaio, engenheiro e um dos maiores intelectuais de seu tempo; Nilo Peçanha, considerado o primeiro presidente afrodescendente do Brasil, ainda nos idos de 1909; Pixinguinha, músico, compositor e arranjador, entre outros tantos músicos brasileiros de origem africana, tais como Sinhô, Donga, Ataulfo Alves, Dolores Duran, Lupicínio Rodrigues...

Antonieta de Barros, catarinense, professora, jornalista e a primeira deputada estadual negra do país; Laudelina Campos de Mello, empregada doméstica e grande líder sindical brasileira; Carolina Maria de Jesus, Conceição Evaristo e Esmeralda Ribeiro, importantes escritoras afro-brasileiras; Abdias do Nascimento, intelectual, ator e político de destaque na luta contra o racismo no país; Benjamin de Oliveira, o primeiro grande nome do cinema brasileiro; Grande Otelo e Milton Gonçalves, atores que, junto com a atriz Ruth de Souza, foram, durante décadas, as mais sólidas presenças negras na televisão brasileira; Virgínia Bicudo e Lélia Gonzalez, duas destacadas estudiosas da Sociologia e da Antropologia brasileiras.

Na verdade, conforme avançam os anos e as reivindicações e conquistas dos afrodescendentes, bem como o reconhecimento de seu competente espaço na sociedade brasileira, mais nomes emergem do esquecimento conveniente — que alcança mais facilmente negros e afrodescendentes por causa do racismo estrutural que resiste cada vez mais furiosa e até fisicamente na sociedade. Esse reconhecimento tem ocorrido nos mais diversos espaços de participação e contribuição social, seja no esporte, com a reavaliação do papel dos primeiros afrodescendentes na história do futebol brasileiro, notavelmente de Friedenreich, ou na ciência, a partir do geógrafo Milton Santos ou de Joaquim Pinto de Oliveira, mais conhecido como Tebas, escravizado, cuja contribuição para a arquitetura da cidade de São Paulo resiste até os dias de hoje nas igrejas da Ordem Terceira do Carmo ou da Igreja das Chagas do Seráfico Pai São Francisco — só para mencionarmos algumas das mais notórias e finalmente fracassadas tentativas de apagamento social tão comuns aos negros neste país. Mesmo na política, nos dias de hoje, discutimos se afinal de contas o Brasil já teve um afrodescendente na Presidência da República na figura de Nilo Peçanha.

Os nomes continuarão surgindo, emergindo de uma sociedade que se vale de amnésia conveniente para amesquinhar relevâncias e se ajusta a uma memória seletiva que valoriza o desnecessário e uma estratificação renitente, em que uma pequena elite preconceituosa, conservadora e pouco afeita ao conhecimento estabelece parâmetros mais de exclusão do que de interação entre as muitas etnias que compõem e partilham um país tão grande quanto injusto.

Ganga Zumba

Ganga Zumba ou Grande Filho do Senhor, nascido em meados de 1630 no reino do Congo, na África, foi o primeiro líder do Quilombo dos Palmares, governando entre 1670 e 1678. Durante seu reinado, enfrentou várias expedições de portugueses e holandeses para destruir o quilombo: derrotou todas.

Eu sempre acreditei que mocambo fosse a mesma coisa que quilombo. Na verdade, as duas palavras guardam o mesmo significado e a distinção se faz por suas dimensões. Mocambos eram, inicialmente, acampamentos provisórios que os escravizados estabeleciam no meio da mata ou em locais de difícil acesso; com o tempo, passaram a definir pequenas aldeias que se tornavam permanentes. Quilombos eram uma reunião de vários mocambos visando ao estabelecimento de melhores estruturas de sobrevivência e defesa.

Ao contrário do senso comum, que atribuía tanto a um quanto a outro a função de refúgio para escravizados fugidos, também acolhiam indígenas e mesmo brancos pobres. Foi o caso específico do Quilombo de Palmares, na Serra da Barriga (localizada no atual município de União dos Palmares, em Alagoas), constituído por dezenas de mocambos.

Não se tem informações confiáveis se o Quilombo de Palmares, cujo nome era devido à grande quantidade de palmeiras existentes na região onde se estabeleceu, foi o maior dentre os muitos quilombos construídos Brasil afora até o fim da escravidão em 1888. Outros, como o Quilombo do Rio Vermelho (Bahia), o da Lagoa Amarela, do lendário Preto Cosme (Maranhão), ou o do Piolho (ou do Quariterê, da heroica Tereza de Benguela), no atual estado de Mato Grosso, também tiveram tamanhos respeitáveis no auge de suas existências. Todavia, nenhum deles atingiu a formidável população de Palmares: cerca de 20.000 habitantes.

Mario Aranha

A propósito, a sua grande população sempre esteve ligada a sua duração com sólida estrutura de Estado, pois foram quase cem anos de resistência bem-sucedida, atribuída a uma eficiente organização militar que enfrentou e desbaratou as várias expedições enviadas para destruí-lo, por parte dos senhores de engenho, do governo colonial português e até mesmo do invasor holandês. Da mesma forma, ao longo de todo esse período, os palmarinos mantiveram sólida relação comercial e mesmo diplomática com as cidades e vilas da região e estabeleceram acordos políticos que em mais de uma ocasião lhes permitiu longos períodos de relativa paz e liberdade.

Obviamente, em uma estrutura colonial que dependia inteiramente da mão de obra escravizada, Palmares, por melhor e aprimorado que fosse seu sistema de defesa, era um intolerável mau exemplo. E, após tantas tentativas malsucedidas, finalmente, em 1678, depois que muitos de seus familiares foram capturados, Ganga Zumba acabou aceitando uma proposta do governo colonial português e firmou um tratado de paz conhecido como Acordo de Cucaú, em que todos os palmarinos seriam considerados livres pela Coroa portuguesa se concordassem, entre outras cláusulas do acordo, em devolver escravizados fugidos recentemente a seus proprietários e se estabelecessem longe da segurança de Palmares.

Muitos quilombolas não aceitaram o acordo e Palmares se dividiu em dois grupos: os que ainda obedeciam às ordens de Ganga Zumba e concordaram em acompanhá-lo e se estabelecer no outro local estipulado pelos portugueses, e os que permaneceram em Palmares sob a liderança de Zumbi.

O próprio Ganga Zumba perceberia, amargurado, que fora ludibriado pelos portugueses ao chegar ao vale do Cucaú e descobrir que as terras eram impróprias para o cultivo e que sua gente não seria livre, mas permaneceria vigiada, como em uma prisão.

Pouco tempo depois ele morreria em circunstâncias misteriosas — a versão mais conhecida atribui o seu envenenamento a seu sobrinho Zumbi ou a um dos seguidores de Zumbi.

Mesmo nos últimos anos da escravidão, em fins do século XIX, os senhores ainda viviam assombrados pela possibilidade de levantes e fugas de escravizados, bem como pelo crescimento e pela presença de quilombos nas imediações de suas propriedades e cidades.

Mario Aranha

Palmares por dentro

CERCA REAL DE MACACO
A capital do Quilombo de Palmares era circundada por três cercas de madeira, reforçadas com pedras e guardadas por sentinelas armados. O acesso era feito por portões de madeira reforçados. A segunda cerca ficava a trezentos metros de distância da primeira; a terceira, a quinhentos metros da segunda. As linhas de defesa estendiam-se por mais de cinco quilômetros, com guaritas dispostas de dois em dois metros.

ALÇAPÃO HUMANO
Dezenas de buracos de alguns metros de profundidade e camuflados com folhagens circundavam a povoação. Como parte do sistema de defesa, existiam vários fossos ocultos, dentro dos quais se encontrava uma quantidade assustadora de estacas afiadíssimas de madeira e lanças de ferro com mais de um metro.

LÍDER
Era nessa estrutura militar que as principais decisões eram tomadas e também residiam suas lideranças. Vale salientar que Palmares possuía uma estrutura de poder em que um líder (rei) governava todo o quilombo. O líder de Palmares era um líder político, militar e religioso.

CONSELHO

Outra parte relevante na governabilidade palmarina era um conselho de homens mais velhos, cuja função era auxiliar na administração do quilombo. O conselho possuía uma sede própria que dominava a região onde também se encontravam uma capela, poços para armazenar água e um galpão sem paredes que servia como mercado e oficinas de artesãos.

CASINHAS DE SAPÊ

Como a maior preocupação dos palmarinos se voltava naturalmente para sua proteção e defesa, muitas moradias constituíam-se de taperas, construções de pau a pique. No auge da expansão do quilombo, contavam-se duas mil casas, onde viviam oito mil moradores falantes de um português misturado a um indeterminado dialeto banto e a um bom número de palavras indígenas. A iluminação noturna era obtida usando-se azeite como combustível. Muitas das construções ainda contavam com o acréscimo de saídas ocultas, que permitiam escapar para a mata em caso de invasão.

DIETA REFORÇADA

Em volta da cidadela, os palmarinos cultivavam inúmeras roças de alimentos. A lavoura mais importante e significativa era a de milho, mas encontravam-se plantações de feijão, banana, batata-doce, mandioca e cana-de-açúcar. Além desses vegetais, a dieta da população era complementada com a coleta de frutos e a caça de pequenos animais na mata próxima.

RELIGIÃO

Praticava-se em Palmares um catolicismo misturado com tradições religiosas relacionadas à cultura banto. No centro da Cerca Real do Macaco existia uma capela, onde foram encontradas imagens de São Brás, do Menino Jesus e de Nossa Senhora da Conceição dividindo os altares com estátuas de uma grande quantidade de divindades africanas.

Zumbi

Apesar dos inegáveis progressos e conquistas obtidas, ainda não nos vemos na plenitude real de nossa participação na História do Brasil, a não ser estigmatizados pela escravidão, eternos vitimizados e, pior, aceitando tal papel de subalternidade e submissão. Sob tais circunstâncias, nenhum exemplo ou personalidade se faz mais importante e de inegável pertinência do que Zumbi dos Palmares.

Por meio de Zumbi e do Quilombo de Palmares, este último com uma história de quase cem anos de resistência, temos acesso a milhares de outros quilombos que, sejam eles precários e de breve duração, sejam estabelecidos e reconhecidos por anos de forte e eficiente resistência, surgiram por todo o país como prova eloquente de que a escravidão em momento algum, desde que os primeiros escravizados puseram os pés neste país, foi uma instituição aceita por suas principais vítimas; pelo contrário, fez-se em inimigo enfrentado até com o risco da própria vida, existindo como tormento constante também para os beneficiados pela exploração do trabalho escravo, sempre assombrados pelo fantasma de rebeliões permanentes.

Infelizmente, no Brasil, os negros não foram narradores de sua própria história de resistência, e a maior parte das fontes que se tem, ou que sobreviveram ao tempo e ao descaso, partem justamente dos que exploravam ou mesmo tinham a responsabilidade de manter a instituição e perseguir aqueles que se rebelavam contra ela. Nesse aspecto, nosso conhecimento sobre Zumbi e outros tantos combatentes pela liberdade dos escravizados se faz baseado em documentação incompleta, esparsa, recheada de preconceitos e estereótipos ou à mercê de imperdoáveis lacunas.

As fontes mais confiáveis dizem que Zumbi nasceu por volta do ano de 1655 no próprio Quilombo de Palmares, localizado ao sul da então Capitania de Pernambuco, no Baixo Rio São Francisco, na Serra da Barriga, região atualmente pertencente ao estado de Alagoas. Relatos o apontam como neto da princesa negra Aqualtune e sobrinho de Ganga Zumba e Gana Zona, chefes dos mocambos mais importantes do Quilombo, já então de tamanho considerável e constituído por dezenas de aldeias ou mocambos. Capturado aos seis anos de idade em uma das muitas tentativas de destruírem o quilombo, foi entregue a um padre português de nome Antônio Melo e batizado com o nome de Francisco. Diz-se que aprendeu português e latim e chegou a ajudar o religioso em suas atividades na igreja em Porto Calvo até fugir, cerca de dez anos depois, retornando a Palmares, então sob o comando de Ganga Zumba, seu tio.

O Quilombo de Palmares ou dos Palmares se consolidou com a invasão holandesa à Capitania de Pernambuco e a posterior resistência dos senhores de engenho luso-brasileiros, bem como a partir da decadência econômica que se seguiu à expulsão dos holandeses. Por um lado, diminuiu a necessidade de mão de obra de escravizados; por outro, estimulou a fuga de muitos, interessados não apenas na existência e permanência de Palmares, mas, acima de tudo, pela informação de sua real extensão e poderio — estava então em seu apogeu, quando provavelmente se estendia por longa faixa de terra situada na parte norte do curso inferior do rio São Francisco. Em 1675, depois de duas outras expedições fracassadas, levadas a cabo com o objetivo único de destruí-lo, uma nova expedição, chefiada por Manuel Lopes, também fracassou, mas, pela primeira vez, apresentou a assombrosa informação de que o quilombo tinha mais de duas mil casas e era protegido por quase invencível paliçada, uma verdadeira e intimidante Troia negra encravada em pleno sertão nordestino e fonte de permanente inquietação por parte das autoridades da época.

Seria nesses combates contra as tropas de Manuel Lopes que Zumbi mereceria os primeiros comentários sobre sua coragem e ousadia. Da mesma forma, ele se veria baleado em duas ocasiões, o que o tornaria coxo de uma das pernas até o fim de seus dias. Seria ainda a partir desse período que se tornaria notório o fato de ele ser não apenas o negro que queria viver livre, mas principalmente aquele que, diferentemente do tio e líder de Palmares, ambicionava libertar todos os escravizados.

Na verdade, desde que voltara a Palmares, Zumbi fora pouco a pouco divergindo dele e de sua política conciliatória com relação a negociações de paz com o governo colonial português, ou seja, o rompimento seria apenas uma questão de tempo, de muito pouco tempo.

Diferentemente de Ganga Zumba e dos líderes mais velhos dos muitos mocambos que compunham Palmares, Zumbi nunca vivenciara o sofrimento e a violência do cativeiro. Aliás, nem ele nem os mais jovens nascidos sob o signo da liberdade em território palmarino. Todos, sem exceção, viam qualquer proposta de paz do governo colonial como um subterfúgio para reduzi-los lentamente à escravidão, e a simples insinuação de aceitação era vista como uma traição aos direitos da gente do lugar. Eram posições irreconciliáveis, e, finalmente, sobreveio a ruptura entre os dois grupos.

Tudo se precipitou quando Fernão Carrilho, militar destacado pelo governador para destruir o quilombo, atacou e ocupou o mocambo de Aqualtune, afugentando Ganga Zumba e sua gente, e instalando um arraial em pleno território palmarino. Ganga Zumba, atemorizado e sem consultar os outros líderes dos vários mocambos do quilombo, enviou três de seus filhos para negociar um tratado de paz com os portugueses. As negociações se mostraram desfavoráveis aos quilombolas e submeteram Ganga Zumba e Palmares à autoridade do governo colonial; assim, o antigo chefe aceitou um cargo quase simbólico de mestre de campo.

Zumbi não admitiu tal acordo e sua insatisfação se espalhou por boa parte da população de Palmares. Recusaram-se a abandonar o quilombo ao lado de Ganga Zumba e a se estabelecerem em outra região definida pelos portugueses. Nesse meio tempo, o antigo e desacreditado líder foi envenenado. Alguns atribuem a Zumbi o envenenamento do tio, mas essa é apenas uma das muitas versões para a morte de Ganga Zumba. De qualquer forma, Zumbi assumiu a liderança do quilombo naquele que seria o período final de sua existência – e também o mais violento.

Depois de mais de dez anos de resistência, já em 1691, depois de meses de combate e cerco à cidadela de Palmares, um grande contingente de tropas mercenárias lideradas pelo bandeirante Domingos Jorge Velho invadiu o Mocambo do Macaco, obrigando Zumbi a fugir e se refugiar nas imediações de Porto Calvo, antes da completa destruição do mocambo em 1694. Por meio de uma espécie de guerra de guerrilhas, a luta estendeu-se ainda por meses em sangrentas escaramuças e emboscadas no sertão da Serra da Barriga, com os remanescentes palmarinos resistindo até a morte. Traído por um de seus companheiros de luta, Zumbi foi capturado e morto, sendo posteriormente decapitado e sua cabeça exposta por meses em praça pública na cidade de Recife, até consumir-se por completo, como inútil advertência aos escravizados que, por muitos anos, ainda se lembrariam daquela que foi a mais duradoura experiência de liberdade vivenciada por negros antes da Abolição.

Zumbi dos Palmares, último líder de Palmares, foi traído e executado quase dois anos depois do fim do Quilombo, na companhia de uns poucos e fiéis seguidores, no dia 20 de novembro de 1695 — data que, séculos mais tarde, viria a ser escolhida como o Dia da Consciência Negra. Símbolo maior da resistência, ele inspiraria os vários grupos reivindicatórios afrodescendentes, surgidos ainda nos primeiros anos após a Abolição e ao longo de todo o século XX, em sua luta contra as péssimas condições de vida e o preconceito estrutural a que ainda são submetidos nos dias de hoje.

Brasil tumbeiro

Dandara e Tereza de Benguela

Uma das coisas que mais me impressionaram nessa descoberta acerca das lutas dos escravizados contra a escravidão foi que muitos dos principais líderes de quilombos e grupos de combatentes eram mulheres. Natural, não é mesmo?

A escravidão atingia todos os negros trazidos do continente africano para sucumbir ao trabalho quase interminável e à exploração brutal por parte dos brasileiros, o que incluía os castigos corporais e a tortura sistemática que, sob todos os aspectos, era infame. No entanto, no caso das mulheres, podemos acrescentar um aspecto ainda mais terrível: durante a viagem nos tumbeiros dos traficantes de escravizados, muitas eram estupradas; tal violência se estendia ao cativeiro, onde se transformou em prática revoltante (com reflexos permanentes na sociedade brasileira até os dias de hoje), a violência sexual contra as mulheres por parte de seus senhores e outros trabalhadores brancos, a começar pelos feitores, e, em muitos casos, a violência física pura e simples por parte de esposas e filhas desses mesmos homens. Então, *francamente*, essas mulheres tinham ainda mais razões para lutar pela liberdade.

Entre tantas, vale destacar Dandara e Tereza de Benguela.

Sobre Dandara não se sabe muito, e mesmo as informações existentes ficam a meio caminho entre algum tipo de realidade e a mais interessante das lendas. Nem o seu local de nascimento é conhecido; uns asseguram que foi na África, e outros tantos, no Brasil.

Sabe-se que ela foi esposa de Zumbi e com ele teve três filhos (Motumbo, Aristogíton e Harmódio). Dandara esteve ao lado do companheiro na luta contra os muitos invasores de Palmares e quando Zumbi se opôs ao acordo de Cucaú, que Ganga Zumba celebrou com o governo colonial português. A informação mais conhecida sobre o seu fim indica que, com a derrota palmarina e não querendo voltar à condição de escravizada, ela se suicidou provavelmente na Serra da Barriga, atirando-se num precipício.

Melhor sorte temos quando se trata de Tereza de Benguela. Existe uma documentação razoavelmente boa sobre ela e suas atividades quilombolas. Também conhecida como Rainha Tereza, ela viveu no século XVIII no vale do Guaporé, no Mato Grosso. Embora sua origem seja incerta, alguns registros portugueses informam que ela era africana, embarcada no porto angolano de Benguela; enquanto outros historiadores asseguram que Tereza era nascida no Brasil. Fato é que ela liderou o Quilombo do Quariterê, nas imediações de Vila Bela da Santíssima Trindade, onde é hoje o estado de Mato Grosso, praticamente na fronteira com a Bolívia.

Foi sob sua liderança, por volta de 1750, após a morte de seu marido e fundador do quilombo, José Piolho (daí o quilombo também ser conhecido como Quilombo do Piolho), assassinado por tropas portuguesas, que Quariterê cresceu de maneira extraordinária, tanto em termos militares quanto econômicos, atemorizando a população local e preocupando o governo colonial português, que por mais de vinte anos tentou, sem sucesso, destruí-lo.

Fundado em 1740, enquanto era conhecido pelo nome de seu fundador, o quilombo em nada diferia de outros tantos espalhados pela região. Não passava de um amontoado de construções miseráveis que acomodava um pequeno grupo de escravizados fugidos, dedicados à agricultura de subsistência e a trocas com outras comunidades quilombolas e mesmo com vilas de brancos. Viviam preocupados em sobreviver aos poucos ataques que ocorriam de tempos em tempos e que muito frequentemente se faziam por meio de rápidas e desorganizadas escaramuças, causando a fuga dos quilombolas para a mata ou para o lado espanhol da fronteira. Nessa época, a população local não passava de trezentas pessoas entre negros fugidos das minas de ouro e das lavras de pedras preciosas, indígenas e mestiços.

Quando Tereza assumiu a liderança no quilombo, não foi apenas o nome que foi alterado. Entre outras tantas mudanças, a que mais chamou atenção dos cronistas da época foi a instituição de uma espécie de parlamento, em que um grupo escolhido de quilombolas se reunia para deliberar sobre assuntos atinentes à sobrevivência comum, a começar pela segurança da estrutura de Quariterê.

Com o aumento da produção das minas e lavras, novas levas de escravizados chegaram à região, e, como consequência imediata, aumentaram as fugas de cativos, muitos indo para o outro lado da fronteira, mas um bom contingente se refugiando no quilombo já então famoso — no seu auge, chegou a reunir três mil pessoas. Tal crescimento acabaria por chamar a atenção das autoridades coloniais portuguesas, que passaram a olhar Quariterê e sua rainha com novos olhares; a preocupação foi se agravando com a chegada de novas notícias sobre as muitas mudanças que Tereza promovia.

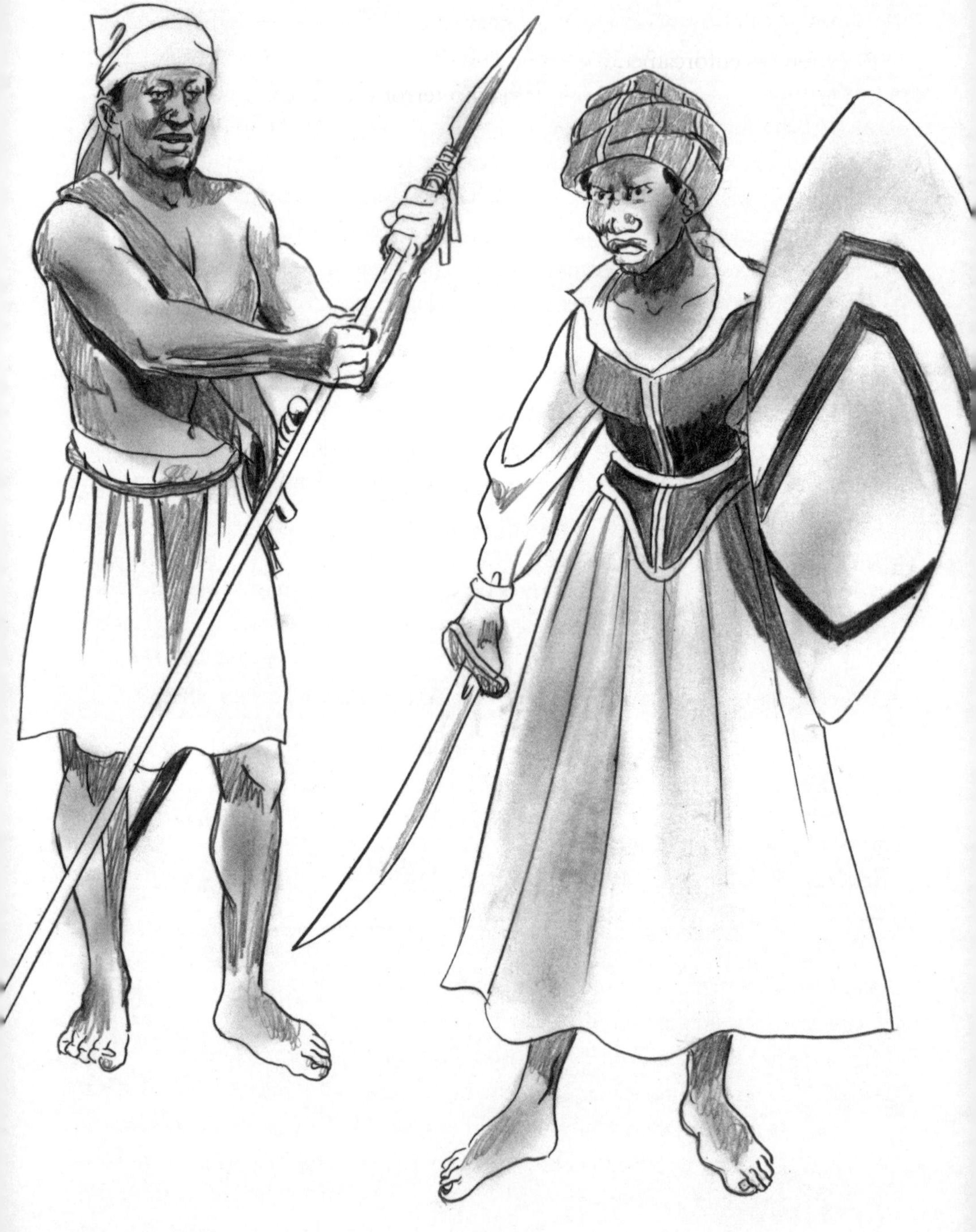

Apesar do aspecto democrático do grupo de conselheiros instituído por ela, Quariterê vivia sob o clima de forte e, por vezes, implacável disciplina. Pesados castigos eram infligidos por qualquer negligência ou falta, incluindo castigos corporais cruéis, como fraturas (principalmente de braços e pernas) e, em casos mais extremos, enforcamento e sepultamento vivo para aqueles que tentassem desertar. Para alguns historiadores, tamanho terror e violência eram justificados como condição imprescindível para evitar que a captura de algum desertor colocasse em risco a segurança, a defesa e a própria existência do quilombo.

A preocupação com a sobrevivência de Quariterê levaria Tereza a mudar pouco a pouco o perfil de defesa local. Consciente de que a disciplina por si só não os protegeria das periódicas incursões das tropas coloniais, notoriamente mais bem armadas do que os quilombolas, a astuciosa líder passou a organizar emboscadas nas estradas que cortavam o vale do Guaporé buscando roubar armas de viajantes. Outra iniciativa foi a de trocar os excedentes da produção agrícola por mosquetes, espadas e pistolas, o que poderia parecer absurdo, já que os principais interessados eram invariavelmente os brancos contra quem, em mais de uma ocasião, as armas seriam usadas. Isso se explica pela deficiência na chegada de provisões e mantimentos àquelas regiões ricas, porém distantes da grande colônia portuguesa na América, o que levava a população branca das vilas e minas de ouro a adquirir o que precisava de seus inimigos.

As missões comerciais mais importantes eram normalmente empreendidas pela própria Tereza, e envolviam produção de alto valor do quilombo, como algodão, matéria-prima importantíssima para tecelagem, ou objetos de ferro, produzidos em duas tendas de ferreiros. Nessas ocasiões, ela também recebia pagamentos em ouro e pedras preciosas, que mais adiante eram trocadas por mais armas.

Apesar dessa infraestrutura de defesa e sobrevivência extremamente sofisticada, o Quilombo de Quariterê finalmente foi conquistado e destruído em 1770, depois de feroz combate em que sobreviveram setenta e nove negros e cerca de trinta indígenas, capturados e levados para Vila Bela. Entre eles estaria a própria Tereza, que morreu depois de uns poucos dias de prisão e aparentemente enlouquecida. Sua cabeça foi imediatamente cortada e pendurada no alto de um poste, onde ficou "para memória e exemplo dos que a vissem", como descreveria a documentação colonial.

Luíza Mahin

"Uma negra africana livre, da Costa da Mina..."

Assim Luiz Gama se refere à mãe em carta que escreveu ao seu amigo Lúcio de Mendonça em 1880. Na verdade, como acontece a outros nomes envolvidos na luta contra a escravidão no Brasil, Luíza Mahin é figura mítica, e muito do que se sabe sobre ela se vale de testemunhos, como o de seu filho e de outras tantas pessoas que alegam tê-la conhecido ou que efetivamente a conheceram em algum instante de sua agitada existência.

Descendente do povo Mahi, da nação africana Nagô, Luíza era quituteira, ou seja, uma trabalhadora urbana, o que, desde muito cedo, por causa da mobilidade permitida por seu ofício, facilitou seu trabalho e envolvimento na articulação de todas as revoltas e levantes de escravizados que colocaram a cidade de Salvador e o Recôncavo Baiano em tensão permanente nas primeiras décadas do século XIX. Ainda se sabe que participou também de outra revolta muito conhecida, a Sabinada, entre os anos de 1837 e 1838.

Vários testemunhos asseguram que, por ser africana, nunca se submeteu ao batismo e muito menos à doutrina cristã. Reconhecida por seu envolvimento em atividades contra a escravidão, foi muito perseguida e presa várias vezes na Bahia; por fim, fugiu para o Rio de Janeiro, onde seu filho mais conhecido, o abolicionista Luiz Gama, a procuraria em várias ocasiões, como disse em um trecho de sua carta:

> [...] procurei-a em 1847, em 1856 e em 1861 na corte, sem que pudesse encontrar. Em 1862, soube por uns pretos mina que conheciam-na [sic] e que deram-me [sic] sinais certos, que ela, acompanhada de malungos desordeiros, em uma casa de dar fortuna, em 1838, fora posta em prisão e tanto ela como os seus companheiros desapareceram. Era opinião dos meus informantes que esses amotinados fossem mandados por fora pelo governo, que nesse tempo, tratava rigorosamente os africanos livres, tido [sic] como provocadores, nada mais pude alcançar a respeito dela.

Acredita-se que Luíza Mahin tenha sido realmente deportada para Angola, mas, até a presente data, nenhuma documentação foi encontrada sobre o assunto.

Luiz Gama

Sabe aquelas pessoas que, assim que conhecemos sua biografia, nos arriscamos a dizer que "sua vida daria um filme!"? Pois é, a vida de Luiz Gama se encaixa como uma luva nessa expressão.

Luiz Gonzaga Pinto da Gama nasceu no dia 21 de junho de 1830, na cidade de Salvador. Era filho da negra livre Luíza Mahin, uma mulher cuja existência transita fascinantemente entre o real e o mítico, e de um fidalgo português que haviam lançado à ruína.

Quando Luiz tinha dez anos, o pai o vendeu para pagar dívidas de jogo. Levado para o Rio de Janeiro, acabaria passando pouco tempo na então capital brasileira antes de ser levado para Santos e posteriormente para uma fazenda nas imediações de Lorena, propriedade do alferes Antônio Pereira Cardoso, que o comprara. Seria exatamente naquela fazenda que ocorreria a reviravolta decisiva em sua vida. Analfabeto até os dezessete anos, ele conheceria o estudante Antônio Rodrigues do Prado Júnior, que, em visita ao alferes, se afeiçoou ao escravizado e o ensinou a ler e escrever.

Um ano depois, em 1848, Luiz Gama fugiu, após descobrir que sua situação era ilegal, já que era filho de mãe livre. Depois de passar alguns anos tumultuados no exército, deu baixa em 1854 e, posteriormente, ingressou na Força Pública de São Paulo, onde, entre outras coisas, trabalhou como escrivão. Foi quando tomou conhecimento da Lei Feijó, decretada em 7 de setembro de 1831 — a primeira a proibir a importação de escravizados para o Brasil —, que, como muitas outras viriam a ser, até então era praticamente ignorada, mesmo pelas autoridades responsáveis por sua aplicação.

Por essa época, já se envolvendo na causa abolicionista, passou a se interessar pelo estudo de Direito a ponto de, mesmo não tendo frequentado qualquer faculdade, conseguir autorização para advogar e se tornar um profissional

Mario Aranha

reconhecido, identificado naqueles tempos como "rábula", ou seja, um advogado com conhecimento jurídico, mas sem diploma.

A partir de sua sólida, porém inusitada, formação jurídica, e se valendo principalmente da até então ignorada Lei Feijó, conseguiu libertar cerca de quinhentos escravizados. No mesmo período, exerceu intensa atividade política e jornalística, fundando em 1864 o jornal satírico *Diabo Coxo*, em que, sob os pseudônimos de Afro, Getulino e Barrabás, escreveu poemas satíricos de forte crítica social.

Conhecido como "amigo de todos", conta-se que tinha em casa uma caixa com moedas que dava aos negros em dificuldades que costumavam procurá-lo. Morreu em 24 de agosto de 1882, portanto antes da Abolição pela qual tanto lutara. Seu sepultamento reuniu grande multidão que acompanhou o cortejo pelas ruas de São Paulo e teve como um dos oradores mais famosos o escritor Raul Pompeia, além de Alberto Torres e Américo de Campos, membros de um grupo de jovens que o seguiam e dele sofreram enorme influência.

Em 3 de novembro de 2015, o fenomenal rábula recebeu uma grande homenagem da sociedade brasileira: a Ordem dos Advogados do Brasil conferiu-lhe o título de advogado. Por fim, em 2021, a Universidade de São Paulo concedeu o título de Doutor Honoris Causa ao abolicionista que sonhava com um país sem reis e sem escravizados, consagrando-o como o primeiro brasileiro negro a receber a honraria.

É ou não uma vida que mereceria um filme?

Pois é, isso finalmente vai acontecer, pois o cineasta negro Jeferson De está envolvido na produção de um filme sobre a vida de Luiz Gama.

Os irmãos Rebouças

Volta e meia você surpreende alguém afirmando: "O brasileiro não tem memória!". Senso comum. Verdade constrangedora. Bobagem de gente que — valendo-me de antiga definição de Nelson Rodrigues — tem "alma de vira-lata", ou seja, a autoestima lá no "dedão do pé". Pode ser o somatório de todas essas definições e nenhuma delas, mas confesso que não sei dizer. No entanto, é fato que, na maioria dos casos, não conhecemos figuras importantes que, de um jeito ou de outro, estão presentes em nosso cotidiano e nem nos damos conta. Esse é o caso dos irmãos Rebouças.

Moradores da cidade do Rio de Janeiro, onde um dos túneis mais importantes recebeu o nome de ambos — justa homenagem a dois dos mais destacados engenheiros do Brasil à época do Império, que construíram boa parte de sua vida profissional e política na então capital do país.

No Paraná, há várias obras importantes dos irmãos, como o Chafariz da Praça Zacarias, a Estrada da Graciosa, a Ferrovia Paranaguá-Curitiba, considerada a maior obra da engenharia férrea nacional, e o Parque Nacional do Iguaçu.

Na Bahia, estado onde nasceram os filhos de Antônio Pereira Rebouças, um dos poucos advogados negros do Brasil no período imperial e conselheiro de Dom Pedro II, poucos têm noção do papel importantíssimo que os dois representam na História do Brasil.

Considerados os primeiros afrodescendentes brasileiros a estudar em uma universidade e os dois maiores engenheiros do Brasil no século XIX, André e Antônio Rebouças foram personalidades de evidente destaque em seu tempo, não apenas em suas profissões, mas também por seu envolvimento em uma das questões mais dramáticas da história brasileira: a luta pela abolição da escravidão.

André, abalado com a morte do irmão Antônio em 1874, resolveu envolver-se intensamente na campanha contra o trabalho escravo no país, participando da

Brasil tumbeiro

fundação de várias sociedades abolicionistas com muitos de seus alunos da Escola Politécnica e estabelecendo relações com outras sociedades abolicionistas fora do Brasil. Com o fim da escravidão e desgostoso com os rumos tomados pelo país com a proclamação da República — ele era monarquista —, saiu do Brasil e desenvolveu atividades jornalísticas escrevendo para importantes jornais europeus, como o *The Times,* de Londres, e morou na cidade de Cannes até a morte do imperador Dom Pedro II. Posteriormente, trabalhou em Luanda (Angola), por certo tempo, e mudou-se para a ilha da Madeira, onde faleceu aos sessenta anos.

Francisco José do Nascimento

Muitos ainda acreditam que o movimento abolicionista no Brasil foi basicamente obra de uma pequena, porém influente, classe média urbana e de intelectuais e políticos que acreditavam que a escravidão, além de causar uma péssima impressão sobre o Brasil entre as outras nações, era incompatível com a sociedade moderna que transformara o cotidiano de todas as sociedades ditas civilizadas no mundo a partir das primeiras décadas do século XIX. Do mesmo modo, é crença ainda bem conhecida de que não houve participação importante dos próprios escravizados ou das camadas menos favorecidas da sociedade brasileira da época. *Não poderia existir visão mais ultrapassada.*

Como exemplo do aspecto mais popular e igualmente decisivo do movimento abolicionista, é importante destacar nomes como o de Francisco José do Nascimento ou, como ele passaria a nossa História, Dragão do Mar.

Também conhecido como Chico da Matilde e líder dos jangadeiros cearenses nos idos dos anos oitenta do século XIX, nasceu em Canoa Quebrada, Aracati, em 15 de abril de 1839. Filho do pescador Manoel do Nascimento e de dona Matilde da Conceição, afrodescendente, perdeu o pai ainda aos oito anos e foi morar com outra família, alfabetizando-se somente aos vinte anos. Mais tarde se tornaria chefe dos catraieiros, como eram conhecidos os condutores de botes; trabalhou na construção do porto de Fortaleza, fez-se marinheiro e, algum tempo depois, foi nomeado prático da Capitania dos Portos.

Em 1881, ao liderar o movimento grevista dos jangadeiros cearenses que se recusaram a transportar escravizados em suas embarcações, foi demitido. Três anos mais tarde, quando foi decretada a libertação dos escravizados naquele estado, Chico embarcou a jangada Liberdade no navio negreiro Espírito Santo, que o levou para o Rio de Janeiro, onde foi aclamado por uma verdadeira multidão. Seu feito contra o tráfico negreiro provocou uma grande celebração.

Exibida pelas ruas da então capital do país e saudada por sua população, naqueles dias cada vez mais favoráveis ao fim da escravidão, a jangada foi doada para o Museu Nacional e, pouco depois, transferida para o Museu da Marinha, onde, segundo alguns relatos, foi queimada, feita em pedaços ou desmontada; enfim, desapareceu. Em poucas palavras, repito uma frase de Edmar Morel, autor da primeira grande biografia do Dragão do Mar: "O povo não tem história na História do Brasil.". É por esse motivo que muitos de nós ainda acreditamos e repetimos que nossa História é feita apenas por grandes nomes e por poderosos de uma pequena elite.

João Cândido e a Revolta da Chibata

Pouco depois da Abolição da Escravatura, muita gente no Brasil, como os militares e os poderosos plantadores de café —, estes insatisfeitos com o fim do trabalho escravo e com o fato de o então governo do Imperador Pedro II não aceitar os seus pedidos de indenização por terem sido obrigados a libertar os escravizados que trabalhavam em suas lavouras —, começou a se manifestar pelo fim do governo imperial, o que viria a acontecer em 15 de novembro de 1889, com a Proclamação da República.

Apesar das grandes expectativas que cercaram o início do novo modelo de governo, aos poucos muitos foram se desiludindo e se tornando críticos, pois realmente pouco havia mudado, inclusive antigas práticas existentes no Império tinham permanecido. Uma das mais absurdas e revoltantes era a de se castigar os marinheiros brasileiros com a chibata, ou melhor, com golpes de chicotes, como se fizera com os escravizados por mais de três séculos no país. Assim, mesmo que muito se falasse e outro tanto se escrevesse contra tão violenta e incompreensível prática, a verdade é que nada se fez para aboli-la na República.

Em 1910, em pleno século XX, quando nada sequer parecido era praticado na quase totalidade das marinhas do mundo, seu uso era comum nos navios da Marinha Brasileira, então uma das mais poderosas. Vale deixar claro que a chibata não alcançava a todos na Marinha, mas apenas os marinheiros, geralmente alistados entre a parte mais pobre e desfavorecida de nossa sociedade, especialmente afrodescendentes e mesmo ex-escravizados. Obviamente, a chibata era apenas uma das tantas reclamações dos marinheiros, também insatisfeitos com os baixos salários e a péssima alimentação oferecida a bordo e nas instalações de nossa Marinha.

A revolta espalhava-se pela sociedade, mas principalmente entre as principais vítimas de castigo tão cruel quanto injustificado, em um Estado que se

Mario Aranha

propunha a se igualar às nações ditas civilizadas daqueles tempos. Esperava-se apenas por um motivo, e ele finalmente veio naquele ano de 1910, logo depois da absurda condenação do marinheiro Marcelino Rodrigues de Menezes a 250 chibatadas. No dia 22 de novembro, liderados pelo marinheiro João Cândido, que viria a ser identificado pelos jornais da época como Almirante Negro, a marujada se rebelou e, por quatro dias, manteve os canhões dos navios, entre eles embarcações moderníssimas recém-adquiridas na Inglaterra, apontados para a cidade do Rio de Janeiro, então capital do Brasil.

Pergunta tão interessante quanto necessária: você sabe quem foi João Cândido? Já ouviu falar ou leu qualquer coisa escrita sobre ele?

Bem, ele foi um daqueles que podemos chamar de "herói popular", mas não porque gostassem dele, pelo contrário. Ainda nos dias de hoje seu nome é mencionado com algum mal-estar na Marinha, porque cresceu e saiu das camadas mais pobres de nossa sociedade para liderar um movimento dos mais justos e importantes de nossa história.

Nascido na cidade de Encruzilhada do Sul, no Rio Grande do Sul, em 24 de junho de 1880, João Cândido Felisberto era filho de dois ex-escravizados, João Felisberto e Inácia Cândido Felisberto. Diferentemente da maioria de seus companheiros de armas, que naquele tempo eram recrutados à força pela polícia, alistou-se aos treze anos por intermédio de uma carta de recomendação de um amigo e protetor, o capitão de fragata Alexandrino de Alencar — que viria a ser o Ministro da Marinha e estaria na reunião com os revoltosos contra os castigos corporais, liderados exatamente por João Cândido, em 1894.

Ainda em dezembro do mesmo ano, tornou-se grumete e partiu para o Rio de Janeiro. Fez carreira por mais de quinze anos na Marinha, viajando por boa parte do Brasil e por vários países do mundo, participando inclusive das tripulações que foram buscar na Inglaterra os moderníssimos navios que reaparelharam a Marinha brasileira em 1908. A propósito, muitos historiadores sugerem que o movimento contra a chibata teve suas primeiras reuniões ainda em solo inglês, entre tais tripulações.

Apesar de o movimento ter sido vitorioso e os castigos corporais na Marinha terem sido abolidos, todos os envolvidos na chamada Revolta da Chibata foram presos, expulsos ou executados nos anos seguintes. O próprio João Cândido sobreviveu a uma dessas tentativas de execução e foi perseguido até o fim de sua vida, aos oitenta e nove anos. Ele viveu como simples vendedor de peixes no porto do Rio de Janeiro, empobrecido e esquecido por todos.

Machado de Assis

Trata-se de uma unanimidade na história da Literatura Brasileira, considerado o nosso maior escritor — o crítico norte-americano Harold Bloom vai ainda mais longe e o define como o maior escritor negro de todos os tempos. Afrodescendente, Joaquim Maria Machado de Assis nasceu em 21 de junho de 1839, na cidade do Rio de Janeiro, mais exatamente nas imediações do Morro do Livramento.

Filho do pintor e dourador Francisco José de Assis e da açoriana Maria Leopoldina Machado de Assis, perdeu a mãe ainda muito cedo. Sabe-se muito pouco sobre sua infância e início de adolescência, principalmente como teve sua formação — muitos sugerem e outros garantem que foi feita em escolas públicas.

Em 1854, aos quinze anos, publicou seu primeiro trabalho literário, um soneto. Foi o início de uma carreira que se resumiria em dez romances, duzentos e dezesseis contos, dez peças teatrais, cinco coletâneas de poemas e sonetos e algo em torno de seiscentas crônicas.

Não foi apenas escritor, mas também jornalista, contista, dramaturgo, poeta, crítico e um dos fundadores da Academia Brasileira de Letras, onde ocupou a cadeira 23. Ainda em vida, foi reconhecido como o maior escritor brasileiro, sendo autor de grandes obras-primas, como *Memórias Póstumas de Brás Cubas* (1881), *Quincas Borba* (1892) e *Dom Casmurro* (1899).

Fora um curto período em que esteve na cidade de Nova Friburgo para tratamento de saúde, nunca se ausentou da cidade do Rio de Janeiro, espaço privilegiado de toda a sua obra literária. Como costumeiramente acontecia a afrodescendentes brasileiros que conquistaram prestígio, até alguns anos atrás, durante muito tempo, tentou-se embranquecê-lo, ou melhor, esconder o fato naturalíssimo de que o maior escritor brasileiro de todos os tempos era negro e, para maior constrangimento de alguns, de origem humilde.

Morto em 1908, Machado de Assis faz parte de um seleto mas importantíssimo grupo de grandes autores afrodescendentes que o persistente racismo existente em nossa sociedade embranqueceu ou minimizou desde os primeiros anos de existência de nosso país, tais como Maria Firmina dos Reis, Luiz Gama, Cruz e Sousa, Lima Barreto, entre outros.

José Carlos do Patrocínio

Muito se falou aqui neste livro sobre as diversas visões que foram se sucedendo sobre o movimento abolicionista no Brasil ao longo do tempo, desde aquelas que atribuíam a ele uma origem nas classes médias urbanas e na intelectualidade, composta por estudantes, jornalistas e escritores, até as mais recentes, que buscam trazer para a discussão a participação de sua parte mais interessada: os trabalhadores escravizados e outras classes populares compostas por alforriados e comunidades brancas desfavorecidas. Seja nesta ou naquela visão, os nomes de muitos afrodescendentes, provavelmente por sua grandiosidade e evidente importância, nunca conseguiram ser escondidos ou apequenados. Entre eles, nenhum é tão constantemente mencionado e valorizado como o de José do Patrocínio.

Nascido em 9 de outubro de 1853, na cidade de Campos dos Goytacazes, no norte do estado do Rio de Janeiro, José Carlos do Patrocínio era filho do padre João Carlos Monteiro com uma escravizada mina de quinze anos, cedida ao serviço da igreja por dona Emerenciana Ribeiro do Espírito Santo, rica proprietária da região campista. Embora, por razões discutíveis mas óbvias, o vigário não tenha reconhecido a paternidade do menino, ele o levou para sua fazenda na Lagoa de Cima, onde José do Patrocínio passou a infância como liberto, mas convivendo com os outros escravizados do religioso e, principalmente, com os rígidos castigos que recebiam frequentemente — o que deixou profundas marcas na alma e existência daquele que viria a ser um dos mais combativos líderes abolicionistas durante toda a vigência da escravidão entre nós.

Aos quatorze anos, pediu e conseguiu autorização do pai para mudar-se para a cidade do Rio de Janeiro, onde empregou-se inicialmente como servente de pedreiro na Santa Casa da Misericórdia. Nos anos seguintes, trabalhou na Casa de Saúde do médico Batista Santos, onde o grande interesse por doenças

Brasil tumbeiro

levou-o a concluir seus estudos no Externato João Pedro de Aquino e prestar exames para o curso de Farmácia, uma das tantas carreiras que abraçaria ao longo da vida (concluiria o curso em 1874). Aliás, viveria uma vida agitada e se envolvendo nas mais variadas atividades.

Com o fim da república de estudantes em que vivia, e sem muitos recursos, acabou convidado por um antigo colega dos tempos do Externato para ir morar na casa da mãe, casada em segundas núpcias com um militar, Capitão Emiliano Rosa Sena, rico proprietário de imóveis e terras que, sensível ao constrangimento de Patrocínio em hospedar-se em sua casa sem pagar, acertou que, em troca da hospedagem, o jovem farmacêutico daria aulas para seus filhos. Aceita a proposta, Patrocínio passou a frequentar o Clube Republicano, que funcionava na casa do militar em São Cristóvão, e conviveu com importantes nomes que, anos mais tarde, fariam parte dos primeiros governos republicanos, tais como Quintino Bocaiúva e Lopes Trovão. Nesse mesmo período, apaixonou-se por Maria Henriqueta, uma das filhas do capitão Sena, e por ela foi correspondido. O casamento aconteceu cinco anos mais tarde, inclusive com a bênção do militar, que o ajudou em várias ocasiões nos anos que se seguiram.

Um pouco antes, iniciara-se no Jornalismo, primeiramente em um jornal satírico de curta existência de nome *Os Ferrões*, em parceria com Demerval da Fonseca, e, em 1877, como redator no *Gazeta de Notícias*. Foi nesse importante jornal que iniciou sua campanha pela abolição da escravatura no Brasil, reunindo em torno de si outros nomes importantes do Abolicionismo, como Joaquim Nabuco, Lopes Trovão e Ubaldino do Amaral. Em 1880, fundou a Sociedade Brasileira Contra a Escravidão e, ao mesmo tempo, adquiriu, com a ajuda do sogro, o jornal *Gazeta da Tarde*.

No entanto, Patrocínio não se limitou apenas a escrever artigos violentos contra a escravidão nem a fundar sociedades que trabalhassem para o seu fim — o que o tornou famoso e o presenteou com o apelido pelo qual entraria para a História: Tigre da Abolição. Em mais de uma ocasião, planejou e participou com disposição de fuga de escravizados, bem como buscou doações para pagar pela libertação de outros tantos com a promoção de espetáculos ao vivo, organização de comícios em teatros e passeatas pelas ruas e praças da cidade. O próprio sepultamento da mãe, que ele trouxera para sua casa no Rio, muito velha e doente, converteu-se em um ato político contra a escravidão. Envolvendo-se na política, tornou-se vereador no Rio de Janeiro com votação assombrosa em 1886. Em

1887, abandonou o jornal *Gazeta da Tarde* e fundou outro, *Cidade do Rio*, que viria a reunir os melhores jornalistas da cidade. Finalmente, no ano seguinte, celebrou a tão perseguida libertação dos escravizados, com a assinatura da Lei Áurea pela Princesa Isabel, no dia 13 de maio de 1888.

Posteriormente, com a campanha pelo fim do regime imperial e sua substituição pela República, Patrocínio e seu jornal foram apontados como apoiadores da Monarquia. Ele também foi acusado de ser o inspirador e o criador da chamada "Guarda Negra", grupo de temíveis capoeiristas formado por ex-escravizados que, por gratidão, tinham o objetivo de proteger a Princesa Isabel e atacar os comícios republicanos. Com a Proclamação da República, e por ter contato com membros do novo governo, foi deixado em paz por certo tempo. Porém, em 1892, no governo de Floriano Peixoto, foi preso por apoiar o movimento da Revolta da Armada — rebelião em unidades da Marinha identificadas como monarquistas pelo governo republicano — e exilado na Amazônia. Mesmo retornando ao Rio de Janeiro algum tempo depois, nunca mais voltou ao jornal que fundara; empobrecido, se mudou para o bairro de Inhaúma, no subúrbio.

Nos últimos anos, viveu distante das atividades sociais e políticas que o tornaram influente e extremamente popular e chegou a protagonizar episódios que escapavam ao campo político. Em 1903, após trazer um carro a vapor para o Rio de Janeiro — o primeiro a circular pelas ruas da cidade —, na companhia de Olavo Bilac e correndo a uma velocidade assustadora para aquela época (dez quilômetros por hora), causou o primeiro acidente automobilístico de que se tem notícia na cidade e talvez no país ao bater em uma árvore.

Pela mesma época, também se envolveu na construção de um dirigível de 45 metros de nome Santa Cruz, alimentando o sonho de voar nele, o que jamais aconteceu; entretanto, consumiu grande parte do dinheiro que ainda tinha. Curiosamente, José do Patrocínio morreu durante uma homenagem a Santos Dumont realizada no Teatro Lírico, quando exatamente discursava saudando o grande inventor. Tinha, então, apenas 51 anos.

Baquaqua

Em toda a história da escravidão no Brasil, nunca se encontrou, pois não se produziu, nenhuma publicação, por menor que fosse, em que escravizados ou mesmo ex-escravizados tivessem contado a história de seus anos de cativeiro. Diferentemente do ocorrido nos Estados Unidos, onde escravizados como Frederick Douglas, para ficarmos apenas em exemplo mais notável e conhecido, contaram suas histórias e tiveram participação no movimento abolicionista, não se encontrou até os dias de hoje qualquer evidência de produção semelhante em nosso país.

No entanto, foi publicado no Brasil em 2017 o livro *Biografia de Mahommah Gardo Baquaqua: um nativo de Zoogoo, no interior da África,* traduzido por Lucciani Furtado. Trata-se da versão em português da obra lançada originalmente em 1854 nos Estados Unidos pelo abolicionista Samuel Moore. No livro, somos apresentados ao africano Mahommah Gardo Baquaqua, capturado e posteriormente vendido no Brasil, onde acabou como propriedade de um padeiro de Olinda, Pernambuco, em 1845.

Por dois anos ele trabalhou na construção de casas, carregando pedras, e chegou a exercer funções como "escravo de tabuleiro" — normalmente reservada a escravizados mais inteligentes e, acima de tudo, de confiança, que lhe permitia circular mais livremente pela cidade. Nesse período, também aprendeu português, mas se entregou ao vício do álcool, pois era cruelmente tratado pelo padeiro, o que o levou a tentar o suicídio algumas vezes.

Foi vendido para o Rio de Janeiro e incorporado à tripulação do navio Lembrança, que transportava mercadorias do Brasil para os Estados Unidos. Embarcado em uma viagem para levar uma remessa de café, acabou incentivado à fuga por abolicionistas norte-americanos. Capturado, fugiu mais uma vez para o Haiti, onde passou a viver com um missionário batista de nome Judd. Um ano depois, converteu-se e retornou aos Estados Unidos.

BRASIL-TUMBEIRO

Estudou no New-York Central College, em McGranville (NY), por quase três anos. Em 1854, mudou-se para o Canadá e seu livro autobiográfico foi lançado na cidade norte-americana de Detroit. Não se tem informações sobre seu paradeiro depois de 1857, quando, em Londres, recorreu à Missão Livre Batista Americana para ser enviado como missionário ao continente africano.

Rocha e os irmãos Assumpção

Um dos capítulos mais obscuros e ainda pouco estudado da história da escravidão no Brasil se refere aos muitos ex-escravizados que, pelas mais diferentes razões, voltaram para a África. Sabe-se, por exemplo, que os tabons, assim como os agudás e os amarôs, que se fixaram no Togo, no Benin e na Nigéria, são descendentes de um dos inúmeros grupos de afro-brasileiros que deixaram o Brasil e retornaram à África entre meados do século XVIII e início do século XX.

Esse movimento, chamado por alguns pesquisadores de Diáspora Reversa, envolveu entre três mil e oito mil pessoas e certamente foi motivado por revoltas de escravizados ocorridas no Brasil entre as últimas décadas da colonização portuguesa e a instalação do governo imperial independente. Na falta de documentos que comprovem tais informações, pois mesmo o domínio da língua portuguesa se perdeu com a passagem do tempo, supõe-se que muitos deles, por serem de origem haussá, tenham se envolvido na terceira e maior insurreição malê, ocorrida em 1835.

A relação entre o Brasil e seus ex-escravizados esteve por muitas décadas relegada ao esquecimento e somente começou a provocar algum interesse quando o então Presidente Jânio Quadros, em 1961, resolveu abrir a primeira embaixada brasileira no continente africano e nomear Raimundo Souza Dantas, nosso primeiro embaixador negro, para tal função. Em vários países africanos como Gana, Benin e, especialmente, Nigéria, ainda hoje encontramos descendentes desses retornados. Sabe-se, também, que muitos deles desempenharam papel destacado nessas nações, mesmo quando ainda eram colônias de algumas nações europeias. Tornaram-se até homens ricos que mandavam seus filhos para estudar na Europa e, de modo surpreendente, para a Bahia, como o caso de João Esan da Rocha.

Capturado em 1850 e trazido para o Brasil como escravizado, Rocha comprou sua liberdade aos trinta anos. Voltando para, Lagos, na Nigéria, com mulher e filhos, tornou-se um rico comerciante de ouro. Chegou a ter cavalos de corrida e luxuosas carruagens. O irmão, Moysés da Rocha, estudou Medicina em Edimburgo e especializou-se em doenças tropicais. Outros tantos ex-escravizados retornados tornaram-se políticos e empresários tão ricos quanto Rocha. Para exibir sua imensa prosperidade, a partir das últimas décadas do século XIX, passaram a construir prédios luxuosos e espalhá-los por várias cidades do país, como a própria Lagos, Badagry e Ikorodu. Ainda hoje existem vestígios desse período de grande riqueza, como a mesquita de Shitta, construída em 1892 no bairro de mesmo nome e inspirada nas igrejas coloridas da Bahia.

Esse é, também, entre outros tantos, o caso de Plácido e Honório Assumpção, que se tornaram os primeiros médico e advogado da Nigéria, respectivamente. Em se tratando desse país, o governo colonial inglês e muitas empresas estrangeiras empregavam e atraíam o interesse dos até hoje reconhecidos como *brazilian descendents* (descendentes de brasileiros). Duas informações finais e interessantes sobre os irmãos Assumpção: depois de certo tempo na Nigéria, eles adotaram o nome ioruba Alakija, e parte da família retornou à Bahia, ainda no começo do século XX.

Juliano Moreira

Algumas das formas mais frequentes de estimular o preconceito entre nós são, por um lado, invisibilizar o negro, ou seja, esconder sua maior e efetiva participação na construção da sociedade brasileira, não a apresentando nos livros escolares, retirando-a do cotidiano e das mídias sociais do momento atual. Por outro lado, quando de toda forma se faz impossível ignorar sua importância, busca-se embranquecer o personagem.

De um modo ou de outro, esses procedimentos estimulam e viabilizam o preconceito, que leva principalmente a maioria de nossa população, negros e afrodescendentes, a ignorar o seu verdadeiro papel na História do Brasil. Não se trata do caso de poucos, mas, ao contrário, de muitos que são pouco conhecidos, mesmo que sejam homenageados em nomes de ruas e cidades. Esse é o caso de Juliano Moreira.

Para as pessoas que frequentam ou conhecem o lugar, hoje seu nome identifica apenas uma famosa instituição de atendimento psiquiátrico no bairro carioca de Jacarepaguá; entretanto, o doutor Juliano Moreira, nascido em Salvador no dia 6 de janeiro de 1872, é bem mais do que isso.

Mestiço, filho da negra Galdina Joaquina, que trabalhava na residência do Barão do Itapuã, aos treze anos, depois da morte da mãe, passou aos cuidados do português Manoel do Carmo Moreira Júnior. Extremamente precoce, ingressou, na mesma época, com o apoio do barão, que era médico e professor de Medicina, na Faculdade de Medicina da Bahia, onde se formou, aos dezoito anos, com a tese *Sífilis maligna precoce* (1891). Cinco anos depois, tornou-se professor substituto da seção de doenças nervosas e mentais da mesma faculdade. De 1895 a 1902, frequentou cursos sobre doenças mentais e visitou muitos asilos na Europa, em países como Alemanha, França, Itália, Escócia, entre outros.

De 1903 a 1930, foi o diretor do Hospital Nacional de Alienados no Rio de Janeiro, onde, apesar de não ser professor da Faculdade de Medicina do Rio, recebeu internos para o ensino de psiquiatria. Com intensa e extensa produção científica, ao longo dos anos reuniu um número assombroso de médicos, como Fernandes Filgueira, Miguel Pereira, Heitor Carrilho, entre muitos outros que, nas décadas seguintes, desempenharam papel de destaque em inúmeras especialidades médicas: neurologia, clínica médica, patologia clínica, anatomia patológica, pediatria e medicina legal.

Em relação ao cotidiano e à história dos afrodescendentes neste país, seu papel de maior destaque talvez tenha sido o de combater ferozmente a atribuição da alegada degeneração do povo brasileiro à chamada "misturas de raças". Isso se devia a uma afirmação, muito pouco científica, de que essa degeneração provinha destacadamente de uma contribuição negativa do negro. Naqueles tempos, era voz corrente, até entre médicos, que essa afirmação era verdadeira, e a ela se opôs Moreira, polemizando com o médico maranhense Raimundo Nina Rodrigues, o maior defensor dessa tese, sem sombra de dúvida.

Para o doutor Moreira, na luta contra as degenerações nervosas e mentais, "os ridículos preconceitos de cor ou castas" não deveriam ser levados em conta, pois os verdadeiros inimigos a serem combatidos seriam as doenças sexualmente transmissíveis, o alcoolismo e, acima de tudo, a quase absoluta ausência de saneamento básico e de formação educacional, que atingiam as populações menos favorecidas, não coincidentemente formadas pelos afrodescendentes recentemente libertos. Apesar das inegáveis melhorias ocorridas desde então, a afirmação do médico Miguel Pereira, proferida em 1916, quando disse que "o Brasil é um imenso hospital", continua atual, assim como a crença absurda de que a degeneração do povo nasceu da mistura de raças — teoria recentemente defendida por um vice-presidente da República.

O Dr. Juliano Moreira, ao longo de seus quase trinta anos à frente da direção do Hospital Nacional de Alienados, estabeleceu novos parâmetros para os atendimentos psiquiátricos no país, participou de vários congressos internacionais, foi membro de várias sociedades médicas e antropológicas, inclusive fora do país, e, como já foi dito, foi responsável por extensa bibliografia sobre amplos temas médicos, sendo justamente reconhecido como fundador da psiquiatria brasileira.

Ele faleceu em Petrópolis, na data de 2 de maio de 1933, vítima da tuberculose — tristemente, ainda uma presença e uma realidade vergonhosa em muitas comunidades do país.

PARTE II

A administração da escravidão

Mesmo antes de os primeiros escravizados serem desembarcados no Brasil, existiu a preocupação de se estabelecerem princípios legais para se administrar a escravidão em nosso país, então colônia portuguesa. Nessa fase, a única preocupação era legitimar a exploração da mão de obra escrava e garantir os vários direitos auferidos com sua utilização, posse e, até mesmo, tráfico e comercialização. Apenas a partir do momento em que o Brasil se tornou independente em 1822, por força de pressões internacionais e mudanças político-sociais e econômicas, buscou-se fazer a transição do trabalho escravo para o trabalho livre.

Tudo começou com o Alvará de 29 de março de 1549, que autorizou os senhores de engenho a importarem até 120 escravizados de Guiné e da Ilha de São Tomé para cada engenho que estivesse funcionando. Exatos dez anos se passaram e, em 1559, uma carta régia, ou seja, da própria corte portuguesa em Lisboa, concedeu aos mesmos senhores de engenho o direito de pagarem apenas um terço dos direitos sobre os escravizados que mandassem buscar no Congo, até o número de 120.

Nas décadas e séculos seguintes, novos alvarás e cartas régias aprofundaram a administração sobre o tráfico e as relações entre os que escravizavam e os que eram escravizados. A carta régia de 17 de março de 1693, por exemplo, ordenava ao governador do Maranhão que tomasse providências para que nenhum escravizado morresse sem receber os últimos sacramentos por parte da Igreja Católica. Um alvará de quase três anos depois, preocupado com as roupas luxuosas usadas por escravizadas na colônia, determinava que "as escravas de todo o Brasil em nenhuma capitania possam usar vestidos de seda, de cambraia ou holandas, com rendas ou sem elas, nem também guarnição de ouro ou prata nos vestidos".

MARIO ARANHA

Entrando nos anos 1700, a legislação se preocupava com os impostos e lucros cada vez maiores obtidos com o tráfico negreiro e, principalmente, com o estabelecimento de modos e maneiras de assegurar a posse do cativo, tal como o alvará de 3 de março de 1741, que mandava marcar com a letra F as espáduas dos negros fugitivos, recapturados, ou o alvará de 14 de outubro de 1751, dispondo sobre a exportação de pretos. Em 1756, surgiu uma das primeiras leis de repressão ao escravizado, punindo aqueles que andassem com faca.

Com a Independência do Brasil, aqueles que pretendiam abolir a escravidão, como José Bonifácio, viram seus planos frustrados, e tudo o que conseguiram na primeira Constituição do Brasil (1824) foi a abolição dos açoites, da tortura, da marca de ferro quente e todas as demais penas cruéis (art. 179, parágrafo 19), o que efetivamente não aconteceu. No entanto, a partir desses primeiros anos de independência, muito por força de crescentes pressões internacionais, principalmente do governo inglês, novas leis surgiram com a preocupação de abolir o trabalho escravo.

Em 7 de novembro de 1831, a primeira delas estabeleceu que todos os escravizados que entrassem no território brasileiro ou portos do Brasil, vindos de fora, ficariam livres, excetuando-se os escravizados matriculados no serviço de embarcações pertencentes ao país onde a escravidão era permitida; os empregados nos serviços das mesmas embarcações e os que fugissem do território ou embarcações estrangeiras seriam entregues aos senhores que os reclamassem e exportados. Lei de efeito absolutamente inócuo, que se prestaria ao surgimento da expressão "para inglês ver", ou seja, sem nenhum efeito, que circula até os dias de hoje na sociedade brasileira quando se refere a qualquer atitude que não muda nada objetivamente.

Novas leis não seriam diferentes nem produziriam melhores resultados, como a de 1850, que estabelecia maior repressão ao tráfico negreiro e impunha penas aos contrabandistas, e a de 1854, que autorizava uma perseguição mais decisiva aos traficantes de escravizados. Também havia aquelas que redundavam em repressão ou prejuízo aos cativos, como a de 10 de julho de 1835, que impunha penas severas de aplicação imediata aos escravizados que matassem seus senhores; ou a de 1853, de 27 de abril, que esclarecia que o escravizado não era pessoa miserável para que o promotor público desse queixa a seu favor, cabendo esse direito ao seu senhor; e a de 28 de dezembro, que declarava que os africanos livres, cujos serviços tivessem sido arrendados por particulares, ficavam emancipados depois de quatorze anos, quando requeriam. A lei também providenciava sobre o destino dos mesmos africanos.

Assim, as leis foram se digladiando entre inúteis e prejudiciais aos interesses dos escravizados, como a Lei do Ventre Livre, de 28 de setembro de 1871, que declarava livres todos os filhos de escravizados nascidos a partir daquela data, mas mantinha a ressalva de que os mesmos ficariam sob a guarda dos antigos proprietários até determinada data; a Lei dos Sexagenários, de 28 de setembro de 1885, que libertava os escravizados maiores de sessenta anos, o que na prática lançava à mendicância e à penúria os escravizados velhos e doentes; e, por fim, a Lei 3.353, a Lei Áurea, de 13 de maio de 1883, que extinguia a escravidão sem nenhum projeto sério e consequente de inserção de grande parcela da população brasileira em uma verdadeira cidadania que lhe garantisse direitos e deveres, e, antes de mais nada, a participação efetiva nos destinos do Brasil.

"É preciso dar simultaneamente ao povo brasileiro instrução e trabalho. Dar instrução para que eles conheçam perfeitamente toda a extensão dos seus direitos, dar-lhes trabalho para que possam realmente ser livres e independentes", dizia André Rebouças, um dos maiores abolicionistas deste país, que morreu amargurado porque o seu projeto de emancipação dos ex-escravizados, que incluía a realização de uma reforma agrária no país com a cessão de vastas extensões para os mesmos, sequer tinha sido cogitado pelo novo governo republicano.

Brasil tumbeiro

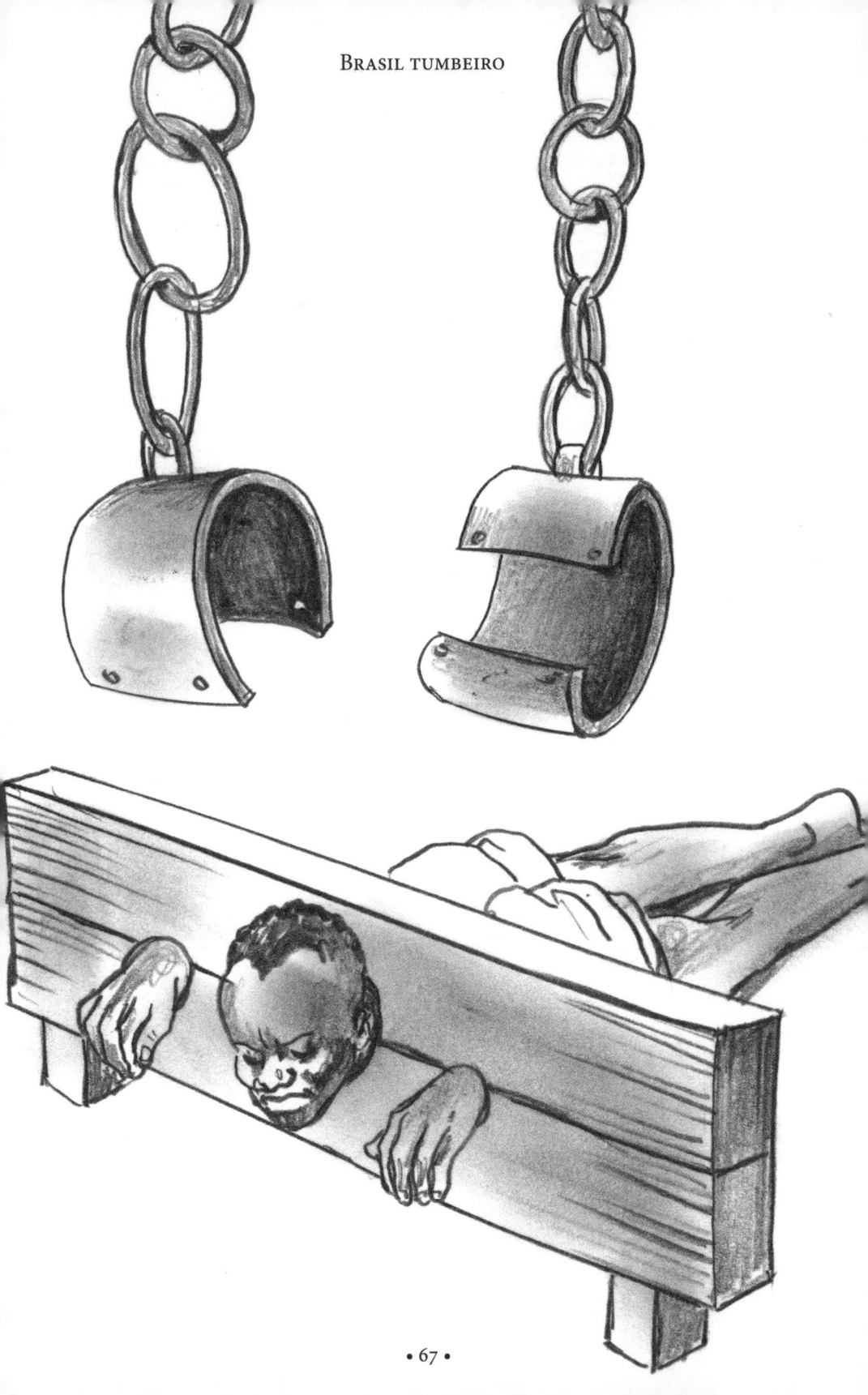

Capitão do mato

Nos dias de hoje, a expressão "capitão do mato" define, em tom absolutamente ofensivo, aqueles negros e afrodescendentes que alimentam algum tipo de preconceito ou hostilidade contra outros negros pelos mais distintos motivos. No entanto, nos tempos em que prevaleceu a escravidão e, segundo Antonil, jesuíta italiano, os escravizados eram os braços e as pernas do Brasil, os capitães do mato eram os responsáveis pela perseguição e recaptura de escravizados fugidos.

Dos engenhos de açúcar ao trabalho doméstico nas casas que se multiplicavam nas poucas cidades que surgiam na vasta extensão de terra brasileira, não se encontrava trabalho que pudesse ser feito sem a decisiva participação dos escravizados. Por consequência, não havia bens mais valiosos e que representassem melhor a riqueza de alguém do que a posse da mão de obra escravizada. Natural, portanto, que a fuga de qualquer um deles desencadeasse um rápido processo cujo único interesse fosse recuperá-lo o mais rápido possível. Sob tais circunstâncias, surgiu, no contexto do sistema colonial até o final da escravidão, a figura do capitão do mato.

Odiados e temidos pelos escravizados, mas em igual medida desprezados e tidos como categoria profissional sem o menor prestígio pela quase totalidade da sociedade brasileira, os chamados capitães do mato eram especialistas na captura de escravizados fugidos, algo muito próximo de caçadores de recompensas, já que sempre havia quantias vultosas envolvendo a devolução de bens tão preciosos.

Uma peculiaridade associada à figura deles era o fato de um contingente, dos mais significativos dentre eles, ser constituído por negros libertos, nada confiáveis; sobre eles recaía a suspeita de que, em muitas ocasiões, eles sequestravam escravizados que não haviam fugido de seus proprietários e por eles exigiam resgates

Brasil tumbeiro

ou pagamentos pela hipotética captura de um suposto fugitivo. Geralmente eram remunerados em dinheiro por sua atividade. Muitos se tornavam capitães do mato por um certo período, como forma de adquirir dinheiro suficiente para pagar pela alforria de membros da família, como filhos, esposas e mesmo pais.

Com o fim da escravidão, muitos capitães do mato se entregaram à marginalidade, transformando-se em criminosos, ou foram contratados pela incipiente indústria que surgia nas grandes cidades do Brasil já republicano nas últimas duas décadas do século XIX e começo do XX, assumindo funções de vigilância.

Capoeira

Certos grupos de escravizados africanos trouxeram consigo muitos costumes e crenças que se enraizaram na cultura e no cotidiano do Brasil. Sob esse aspecto, um dos grupos etnolinguísticos mais influentes foi o Bantu, e, dentre eles, aquele conhecido como Angola, entre os tantos hábitos e costumes, trouxe uma espécie de luta ou, mais acertadamente, um ritual de passagem para a vida adulta chamado *N'Golo* ou "Dança da Zebra", que consistia na imitação de coices de zebra, em que o vencedor recebia a possibilidade de escolher uma moça da tribo para se casar — algo praticamente impossível no Brasil, onde geralmente essa responsabilidade recaía sobre o proprietário dos escravizados. Por isso, o *N'Golo* foi aos poucos se tornando um tipo de dança praticada pelos filhos dos escravizados que iam adicionando novos golpes à brincadeira, como o "rabo de arraia", assumindo mais adiante o nome de "angola", por força de sua origem.

Muitos dentre os negros que fugiam do cativeiro vinham dessa mesma região da África e eram praticantes do antigo *N'Golo*. Em várias ocasiões, eles se refugiavam em mata mais baixa, conhecida como capoeira, de onde saíam de tempos em tempos para atacar qualquer eventual perseguidor ou para executar pequenos furtos em fazendas próximas, em busca de alimentos ou roupas melhores do que as que usavam — em muitos casos, nada mais do que trapos, que os denunciavam facilmente. Aos poucos, suas vítimas passaram a identificá-los com a mata onde se escondiam, e esses fugitivos, bem como a luta que praticavam, passaram a ser também conhecidos como "capoeira".

Rapidamente, a capoeira popularizou-se entre os escravizados e os seus praticantes se tornaram temidos, a ponto de sua prática ser proibida por lei. Aqueles que insistiam em praticá-la eram severamente punidos.

Muitos grupos de capoeiras se tornaram famosos na crônica policial, principalmente a partir da segunda metade do século XIX, como o Cadeira da Senhora, que controlava a freguesia de Santana, ou o Espada, que controlava o Largo da Lapa, na então capital imperial do Brasil, a cidade do Rio de Janeiro.

Esses grupamentos, chamados de maltas, dividiam-se geograficamente: os Nagoas, ocupando a periferia da cidade, eram de forte tradição africana e etnicamente homogêneos, enquanto os Gaiamuns, que usavam uma cinta vermelha sobre o branco de suas vestes, eram constituídos por negros, mas também mestiços, imigrantes pobres, homens livres e até mesmo intelectuais.

Outra malta bem conhecida era a Guarda Negra, constituída por ex-escravizados, logo após a assinatura da Lei Áurea, que ficaram famosos por se ocupar da defesa de sua gente e da família imperial, por gratidão à Princesa Isabel — o que os tornou o flagelo dos comícios republicanos, que atacavam implacavelmente durante o período entre o fim da escravidão e a proclamação da República, quando foram impiedosamente perseguidos pela polícia.

Brasil tumbeiro

Pés descalços

Desde sempre, na história de diferentes grupos humanos, uma das maneiras mais comuns de diferenciar uma classe social da outra ocorre pelo uso de determinado calçado ou pela sua ausência. Só para ficarmos apenas em um exemplo, na Roma Antiga, era costume fazer tal distinção. Ao cidadão romano, mesmo os de poucos recursos, era permitido o uso de calçados, o que era expressamente proibido ao cativo. Algo semelhante ocorreu no Brasil durante o período da escravidão.

A ocupação do território brasileiro pelos portugueses fez-se pela constituição de grandes latifúndios, o que muito cedo exigiu a utilização de uma quantidade considerável de mão de obra escravizada. Com o fracasso da escravização indígena, os senhores de engenho encontraram na exploração de africanos capturados no outro lado do Atlântico a solução mais simples para a sua dificuldade comercial.

No princípio, a distinção entre escravizadores e escravizados se fazia facilmente pela diferença de cor entre eles; mas, com o tempo e a concessão de um número crescente de alforrias, principalmente nas cidades que apareciam e cresciam ao longo da costa do país, diferenciar o negro livre de um escravizado tornou-se problemático. Isso levou as autoridades coloniais e, mais tarde, com a independência do país, as imperiais a apelarem para a solução romana: aos alforriados era permitido o uso do calçado, e, quanto aos escravizados, com a proibição de marcações a ferro, os pés descalços se transformaram na maneira mais simples e óbvia de identificar a sua condição servil.

Tensão permanente

Como já foi dito, longe de ser algo aceito sem maiores restrições ou revolta, desde o princípio de sua introdução no Brasil, a escravidão se constituiu em um foco de permanente tensão entre escravizados e escravizadores. Com a desumanização sistemática provocada pelo trabalho insano e a ampla variedade de castigos e torturas, as fugas eram constantes, e as revoltas e rebeliões extremamente violentas.

A situação se tornou ainda mais dramática quando chegaram ao Brasil as primeiras notícias sobre uma grande rebelião de escravizados que se iniciara no Haiti em 1791 e fora encerrada treze anos mais tarde com a expulsão do governo colonial e o massacre dos franceses. O pânico se instalou em vilas, cidades e fazendas. Os escravizados viviam severamente vigiados. Trancados logo após o anoitecer, eram castigados barbaramente até pela menor falta. Nesse quadro de grande histeria e desumanidade, fica fácil compreender que as fugas e revoltas se iniciassem e terminassem em inevitáveis banhos de sangue.

As insurreições malês em Salvador, a destruição do Quilombo de Palmares, a repressão especialmente violenta envolvendo negros que participaram de movimentos políticos, como a Cabanagem e a Balaiada, e mesmo a traição de Porongos, quando os famosos Lanceiros Negros foram desarmados por seus próprios aliados farroupilhas e massacrados pelas tropas imperiais já no último ano da Guerra dos Farrapos, são exemplos dessas periódicas explosões de violência envolvendo escravizados que assolavam o Brasil de tempos em tempos.

A Revolta de Carrancas é uma das menos conhecidas, mas tão sangrenta quanto os exemplos apresentados. Ocorrida no dia 13 de maio de 1833, na região sul de Minas Gerais, apresentou-se em tudo semelhante a outras tantas revoltas de escravizados no país. A fuga rapidamente converteu-se em uma terrível matança da qual não escaparam os fazendeiros da região e suas famílias e muito menos os escravizados. Estes, liderados por um escravizado de nome Ventura Mina, não pouparam nenhum membro da família Junqueira, proprietária da Fazenda Campo Alegre, e nem mesmo os escravizados domésticos que viviam na casa-grande. A matança estendeu-se por outras tantas fazendas da região, e, em um dos confrontos, o líder do movimento foi morto.

Inicialmente apanhados de surpresa pela formidável organização dos revoltosos, pouco a pouco os fazendeiros da região se organizaram e venceram a resistência. Entre os desdobramentos previsíveis do evento estava a condenação à morte dos líderes sobreviventes do movimento, no total de dezesseis pessoas — uma das maiores condenações coletivas de escravizados à morte de que se tem notícia no Brasil.

Apesar da violenta repressão que se seguiu ao fracasso da revolta e da apresentação de pelo menos quatro leis na Câmara de Deputados do Rio de Janeiro, que estipulavam a condenação à morte de pessoas escravizadas envolvidas no homicídio de seus senhores e parentes, a Revolta de Carrancas serviu para que a população finalmente percebesse o grau de ódio e descontentamento que a escravidão gerava nos negros — o que somente cresceu nas décadas que separaram Carrancas da definitiva abolição do trabalho escravo no Brasil.

Os Lanceiros Negros

Muito se diz e outro tanto se escreveu sobre o movimento reivindicatório gaúcho que a História chamou de Guerra dos Farrapos ou Revolução Farroupilha, iniciado em 1835, entre outros motivos, pela reclamação de estancieiros gaúchos contra a cobrança abusiva de impostos sobre o charque gaúcho — algo em torno de 20% em relação à mesma cobrança feita pela importação do charque uruguaio, de 4%. No entanto, apenas recentemente um grupamento de combatentes farroupilhas chegou, à luz da pesquisa, ao reconhecimento e à valorização histórica do movimento.

Os Lanceiros Negros eram constituídos em sua quase totalidade por escravizados a quem se prometeu a liberdade se combatessem ao lado dos revoltosos gaúchos. Antes de prosseguirmos, vale esclarecer alguns aspectos sobre esse movimento cercado de muita mistificação e exageros pseudo-históricos.

Apesar de envolver boa parte da então província do Rio Grande do Sul, o movimento nunca foi apoiado pela totalidade de sua população, mas sim pelos grandes fazendeiros locais. Durante todo o período dos combates, cidades importantes, como a capital Porto Alegre, opuseram-se aos revoltosos. Apenas uns poucos dentre esses, a começar pelo italiano Giuseppe Garibaldi, pensaram seriamente em separar o Rio Grande e partes do estado vizinho de Santa Catarina do resto do país e transformá-los em outro país sob regime republicano.

O engajamento dos escravizados não foi algo unânime, mas antes se fez simplesmente porque, após os primeiros combates entre revoltosos e forças militares enviadas à região pela Corte no Rio de Janeiro, as perdas farroupilhas se tornaram significativas o bastante para que os estancieiros se dispusessem a perder sua "propriedade" em troca de ver as suas tropas aumentadas. No entanto, mesmo que

Mario Aranha

fossem aliados contra um inimigo comum, muitos escravizados não conseguiam se juntar à frente da batalha e, aos poucos, reuniram-se em um grupamento próprio, que viria a ser identificado como Lanceiros Negros. Participando dos combates, armados apenas com lanças e facões, os Lanceiros Negros chegaram a ter quase 450 combatentes, contando também com indígenas, mestiços e pardos. A crença de que alcançariam a liberdade ao fim do conflito unia a todos.

Infelizmente, com a proximidade da derrota, os fazendeiros gaúchos se reuniram secretamente com representantes do governo imperial e iniciaram as negociações de paz. Entre as várias cláusulas do acordo chamado de "Ponche Verde", incluiu-se o perdão aos líderes do movimento, que, em troca, comprometeram-se a desarmar os lanceiros acampados em uma região conhecida como Porongos. Assim foi acordado e assim foi feito: em 14 de novembro de 1844, os remanescentes do valoroso grupo de combatentes negros foram desarmados e separados do restante das tropas farroupilhas e posteriormente atacados pelas tropas imperiais — o que ficou conhecido como "Massacre" ou "Traição de Porongos" —, em Cerro dos Porongos, no atual município de Pinheiro Machado.

Tanto a decisão dos farroupilhas de incorporar seus escravizados às tropas revoltosas quanto a preocupação do governo imperial em eliminá-los foram muito controversas e questionadas por alguns historiadores gaúchos ligados a movimentos nativistas locais. Por um lado, os rebeldes do movimento e de outros tantos que eclodiram pelo Brasil precisavam de combatentes e sempre recorriam aos escravizados, acenando-lhes com a promessa de liberdade. Por outro, vencidos os revoltosos, ao governo imperial não interessava que um grupo razoavelmente grande de negros escravizados continuasse livre, pois seriam "maus exemplos" e poderiam provocar nos ainda escravizados o desejo natural de também serem livres — daí a razão pela qual o governo imperial no episódio de Porongos insistiu tanto no desarmamento e na morte dos Lanceiros Negros. Mesmo àqueles que sobreviveram ao massacre não foi permitido permanecer no Rio Grande do Sul; todos, sem exceção, foram imediatamente deslocados da então província e aprisionados no Rio de Janeiro.

Tigres

Por mais de trezentos anos, os escravizados fizeram parte da ampla paisagem brasileira, tanto na área rural quanto na urbana. Nas grandes cidades, por sua característica de abrigar ampla variedade de ofícios e necessidades, muitos assumiram indesejados protagonismos, como o caso dos chamados "escravos de ganho", cativos que desenvolviam um grande número de atividades, cuja renda acabava sendo paga a seus proprietários. Esses personagens bastante notórios nas grandes cidades eram chamados de Tigres ou Tigreiros.

Assim eram conhecidos os escravizados que faziam um dos trabalhos mais humilhantes e nojentos em cidades como Rio de Janeiro e São Paulo. Como praticamente inexistia uma rede de esgotos nessas cidades, urinas, fezes e outros dejetos eram colocados em barris de madeira, que eram transportados pelos Tigres, geralmente negros muito corpulentos e fortes, até as praias ou rios próximos, onde eram descartados.

E por que eram conhecidos por tais nomes? Durante o trajeto, por ruas de terra batida ou geralmente pavimentadas com pedras ou paralelepípedos, portanto irregulares, um líquido malcheiroso escorria por frestas ou buracos dos barris, manchando os corpos com listras ácidas e naturalmente fedorentas, o que era agravado pelo forte sol da maioria dos dias no país.

Por mais absurdo que possa parecer a afirmação, a aparição dos "Tigres" nas grandes cidades da época chegou a ser considerada um avanço, pois na ausência de saneamento básico até o ano de 1808, quando chegou a Família Real Portuguesa ao Rio de Janeiro, usualmente os moradores das cidades simplesmente jogavam seus dejetos das janelas de suas residências. As leis existentes exigiam apenas que, antes de fazê-lo, os moradores alertassem os transeuntes aos gritos de: "Água vai... água vai... água vai...".

A Revolta dos Malês

Uma das características mais comuns da escravidão no Brasil foi a tensão constante entre escravizadores e escravizados. Natural, pois nenhum ser humano se submete pacificamente à privação de liberdade, ou seja, ao cativeiro.

Os milhões de escravizados trazidos do continente africano para as terras brasileiras se rebelavam tão frequentemente que ainda se torna difícil ou mesmo impossível calcular quantas revoltas, fugas e matanças ocorreram naquele tempo, e quantos quilombos ou simples mocambos existiram de norte a sul.

No entanto, alguns desses movimentos se destacaram por uma ou outra característica diferente, fosse pela extrema violência na eclosão da revolta, fosse pela posterior repressão. Em igual medida, lideranças femininas também se notabilizaram. Contudo, o que chama a atenção sobre as três insurreições de escravizados ocorridas em Salvador, a partir de 1807, é o ineditismo de terem sido lideradas por africanos islamizados.

No início do século XIX, a Bahia se tornou centro de uma grande quantidade de revoltas — foram mais de trinta até a grande Revolta dos Malês, de 1835. Coincidência ou não, nesse período, um grande contingente de africanos pertencentes aos grupos nagôs e haussás foi introduzido na região, e ambos haviam se envolvido em muitas guerras na África, ou seja, eram guerreiros experimentados em longos períodos de combate. Os haussás, especificamente, eram islamizados e, entre outras tantas peculiaridades, sabiam ler e escrever (a maioria em árabe, por causa de sua conversão religiosa).

O primeiro levante de escravizados aconteceu em 1807, mas nem chegou a se consumar, pois os planos dos rebelados, que pretendiam atacar inúmeras igrejas católicas e instalar um governo muçulmano em Salvador, foram descobertos. Nos anos vinte do século XIX, ocorreram mais de quinze revoltas, e várias delas, que foram conhecidas pelo protagonismo islâmico de seus líderes, culminariam na Revolta dos Malês.

Extremamente organizada, ela chegou a mobilizar seiscentos escravizados. Os revoltosos tinham até mesmo uma bandeira para o movimento, que, como outros, pretendia estabelecer uma espécie de califado em Salvador e posteriormente se espalhar por outros locais do Nordeste — não se sabe se apenas pensando em libertar outros escravizados ou expandir a fé islâmica.

Nagôs, haussás e, em menor número, tapas, todos se vestiam de abadá branco, o traje típico muçulmano. Eles haviam planejado iniciar o movimento no dia de *Laylat al-Qadr*, a festa da Noite da Glória, momento em que o Corão, livro sagrado dos muçulmanos, foi revelado para seu profeta, Maomé. Mesmo não tendo durado mais do que dois dias, a Revolta dos Malês causou efeitos psicológicos tanto na população baiana quanto no resto do país, pois a imagem do escravizado proveniente da Bahia passou a ser a de um cativo propenso à violência e à rebeldia, o que provocou grande dificuldade na sua aquisição por moradores de outras regiões brasileiras.

Lei Feijó

No Brasil, tornou-se mais ou menos comum dizer que temos leis demais e que esse amontoado de leis se divide entre aquelas que "pegam" e as que "não pegam". Em geral, isso ocorre por dois motivos: devido ao pouco caso das autoridades em aplicá-las e por causa da ausência de praticidade de muitas leis. Talvez possamos incluir a Lei Feijó nessa segunda categoria.

Promulgada em 7 de novembro de 1831, foi a primeira lei a proibir a importação de escravizados no Brasil, além de declarar livres todos os que fossem trazidos para terras brasileiras a partir dessa data, com apenas duas exceções: estavam excluídos desse benefício os escravizados matriculados no serviço de navios pertencentes a países onde a escravidão ainda fosse permitida e aqueles que fugissem de terra ou embarcações estrangeiras, que deveriam ser capturados e exportados do Brasil.

A lei ainda estabelecia multas aos traficantes, além de oferecer um prêmio em dinheiro a quem denunciasse o tráfico. Como se sabe, depois de cinco anos se esforçando para atribuir relevância à lei, as autoridades brasileiras da época foram progressivamente negligenciando o seu cumprimento até que, décadas mais tarde, Luiz Gama a reencontrou e forçou a sua aplicação para soltar mais de quinhentos escravizados em São Paulo.

Lei Eusébio de Queirós

Em meados do século XIX, as pressões do governo inglês para que o Brasil acabasse com o tráfico negreiro e, mais adiante, com a própria escravidão, tornaram-se mais intensas e se tornaram mesmo intoleráveis por causa de dois fatos que muitos políticos e parte da população brasileira na época consideraram intromissão indevida nos assuntos do país.

Em primeiro lugar, a promulgação do Ato de Supressão do Tráfico de Escravos, ou como é mais conhecida nos livros escolares brasileiros, a *Bill Aberdeen* — lei ou ato do Parlamento Inglês de 8 de agosto de 1845 que autorizava os britânicos a prenderem qualquer navio suspeito de transportar escravizados no oceano Atlântico, inclusive em portos de outros países. Essa lei, de autoria de George Hamilton-Gordon, Lord Aberdeen, daí o seu nome, foi responsável pela abordagem, apreensão e destruição de 368 embarcações brasileiras e devolução de todos os africanos nelas encontradas ao continente africano — o que provocou o segundo fato: uma grande campanha de difamação e hostilidade aos ingleses e aos seus interesses comerciais no Brasil, promovida pelos principais prejudicados em tais ações, os traficantes e negociantes de escravizados, principalmente nos portos do Rio de Janeiro e Salvador.

A lei de número 581, de 4 de setembro de 1850, ou Lei Eusébio de Queirós, como passaria a ser conhecida por ter sido proposta no período em que o líder conservador era Ministro da Justiça do governo brasileiro, foi a primeira lei a efetivamente tentar reprimir o tráfico de escravizados no Brasil.

Entretanto, surgida em meio a essas confusões e campanhas antibritânicas, foi criticada por boa parte da população brasileira, e, pior do que isso, foram inauguradas no país as chamadas "leis para inglês ver" — nome dado àquelas leis criadas unicamente para acalmar os ânimos ingleses e empurrar mais para a frente (ou como se costuma dizer até hoje no Brasil, "empurrar com a barriga") a solução do grande problema que era a escravidão.

Antes de concluir, vale uma observação: parece uma desagradável característica histórica de nosso país só resolver seus problemas mais graves com a intromissão de outros países. Triste constatação. Inevitável pergunta: até quando?.

A grande guerra do Brasil

Ao longo de todo o ano de 1864, Brasil e Paraguai estiveram envolvidos em um conflito de troca de ameaças que fazia parte de uma longa lista de confusões. Essas ameaças, por um lado, estavam ligadas às pretensões paraguaias de influenciar a política interna de um terceiro país, no caso, o Uruguai, e, assim, conseguir uma saída marítima para o seu comércio exterior; por outro lado, resultavam do interesse brasileiro em manter a hegemonia político-militar do Império na parte sul do continente americano.

O último capítulo dessa novela da vida real começou quando o Paraguai resolveu apoiar um determinado grupo político no Uruguai, e o Brasil, o outro grupo. Os dois estavam em guerra pelo poder naquele pequeno país, e, depois de muitas ameaças por parte daqueles que apoiavam os respectivos lados, o Brasil resolveu invadir o Uruguai para apoiar o seu grupo. Isso levou o Paraguai a declarar guerra em dezembro daquele ano, capturando um barco a vapor brasileiro que subia o rio Paraguai levando o futuro governador de Mato Grosso, que seria preso e morreria em uma prisão em Assunção. No início do ano seguinte, as tropas do ditador paraguaio Francisco Solano Lopez dariam prosseguimento à guerra invadindo o próprio Mato Grosso, as províncias argentinas de Corrientes e Entre Rios e o oeste do estado do Rio Grande do Sul.

Invadidos e temendo um alegado poderio militar paraguaio, Argentina e Brasil aliaram-se ao Uruguai, controlado por um governo apoiado pelo Brasil e, portanto, favorável às suas pretensões, formando o que ficou conhecido como a Tríplice Aliança. Nenhum dos três países possuía, em princípio, exércitos capazes de fazer frente aos sessenta mil homens que compunham o contingente paraguaio — o Brasil possuía dezoito mil homens em armas; a

Argentina, oito mil; o Uruguai, quase a mesma quantidade. Mesmo obtendo vitórias expressivas, conseguindo inclusive expulsar os invasores de seu território, partir para a ofensiva no Paraguai alarmou a todos.

No caso específico do Brasil, o recrutamento, mesmo forçado, prestou-se unicamente a que muitos jovens e homens adultos abandonassem vilas e cidades e fugissem para o interior das matas. Quanto mais se prolongava, mais a guerra se tornava impopular; por fim, chegou-se à solução de enviar escravizados para a frente de combate em território paraguaio. Eram chamados de Voluntários da Pátria. Grandes proprietários de terras e a elite governante brasileira ofereciam seus cativos para lutar no lugar deles próprios e de seus filhos e parentes — muitos se comprometiam a enviar três escravizados por filho ou parente convocado para a guerra e prometiam a eles o que mais cobiçavam: a liberdade. À medida que a necessidade de mais e mais combatentes se acentuava, aumentaram a oferta: além da alforria, quem retornasse dos campos de batalha receberia também quantias em dinheiro. Por fim, o governo passou a comprar cativos de fazendeiros a quem concediam títulos de nobreza.

A contínua necessidade de novas tropas se explicava facilmente. As tropas da Aliança desconheciam completamente os campos de batalha que enfrentariam no Paraguai, uma vez que, por décadas, desde sua independência, o país havia sido governado por ditadores que, entre outras coisas, fecharam o país a estrangeiros, a começar pelos provenientes dos países vizinhos. Os combatentes eram mal-armados e, pior ainda, pouco alimentados. As tropas da Tríplice Aliança passavam longos períodos vitimadas pela fome e por doenças, e as baixas eram frequentes e muito altas. Apesar disso, as tropas constituídas por negros chegaram a ter mais de 145 mil homens. E nem todos eles eram escravizados. Muitos eram negros livres, interessados em combater pelo país, outros eram pobres, que lutavam pelo pagamento ou pelas periódicas ofertas de premiações em dinheiro. Entre eles, um dos mais interessantes grupos de combatentes passou aos anais da história da Guerra do Paraguai conhecido como zuavos baianos — no início, a desorganização entre as tropas brasileiras, provenientes de várias partes do país, era tamanha que elas se apresentavam vestidas das mais variadas maneiras e armadas com os mais diferentes tipos de arma.

Originalmente, a palavra "zuavo" definia os soldados da infantaria da Argélia e de outros territórios árabes que atuavam em distintas frentes de batalha sob o comando do exército francês nos séculos XIX. O termo foi assumido por contingentes de companhias de voluntários provenientes da Bahia, que se apelidavam zuavos baianos. Muitos deles copiavam a vestimenta original dos zuavos africanos (vistosas e coloridas), pelo menos no início da guerra.

A primeira companhia de zuavos baianos foi formada no ano de 1865 por Quirino Antônio do Espírito Santo e João Francisco de Oliveira e, desde a sua formação, propunha ser uma tropa voluntária de elite, que serviria ao Brasil na guerra contra o Paraguai. Eram quatro companhias, sendo três da Bahia e uma de Pernambuco. Mesmo segregados e enviados para missões nos piores lugares e envolvidos em batalhas extremamente sangrentas, tiveram papel de grande importância ao longo da guerra — o que provocou certa preocupação entre os comandantes das tropas brasileiras, porque, naquele tempo, o Brasil ainda era um país escravocrata, e parecia estranho ver negros escravizados lutando ao lado daqueles que os escravizavam.

Com a proximidade do fim da guerra e a preocupação com a possibilidade de uma libertação indiscriminada de cativos, era voz corrente que a promessa feita não seria cumprida ou seria sujeita a toda sorte de procedimentos que levariam aquela liberdade a se arrastar por anos ou mesmos décadas. Temia-se que, percebendo-se enganados, os ainda "Voluntários da Pátria", naquele momento, soldados experimentados na crueldade da guerra e do combate, bem armados, iniciassem uma revolta de grandes proporções — como a Revolta Haitiana — , capaz de levar o Brasil ao caos. Certamente, tais temores foram importantíssimos para que finalmente o general Osório desfizesse a tropa dos zuavos, limitando progressivamente os trabalhos dos escravizados aos hospitais e a atividades menores. Em 6 de abril de 1866, o Barão de Porto Alegre decidiu dispersar definitivamente os batalhões formados exclusivamente por negros, espalhando e misturando tais tropas aos batalhões formados por brancos, indígenas e imigrantes — uma maneira astuciosa de diluir sua força e influência sobre outros grupamentos de negros.

A Lei do Ventre Livre

Após a promulgação da Lei Eusébio de Queirós, o Brasil mergulhou em um grande marasmo institucional em relação à busca por uma solução definitiva para a questão do fim da escravidão no Brasil. A começar pela muito poderosa influência dos plantadores de café, conhecidos naqueles tempos como "barões do café" — entre outras tantas razões, por causa dos títulos de nobreza que compravam ou recebiam do governo imperial pela fidelidade ao regime —, que elegiam a maioria dos membros da Câmara de Deputados e barravam qualquer tentativa de criação de novas leis que atrapalhassem a manutenção de uma grande quantidade de cativos trabalhando em suas enormes plantações.

O país passou a se comportar como se a questão estivesse resolvida. Muitos acreditavam realmente que não se precisava fazer mais nada, visto que, com o fim do tráfico de escravizados, pouco a pouco não haveria mais negros no país ou sobrariam muito poucos, pois a maior parte se perderia nas relações entre as várias etnias que compunham a população brasileira. Não se duvidava que, em menos de cem anos, seríamos uma grande população de mestiços e, a longo prazo, como acreditava um pequeno grupo de homens conhecidos como eugenistas, os brancos prevaleceriam. A bem da verdade, ainda existiam defensores da escravidão, como o escritor José de Alencar, mas o entusiasmo da maioria do país pelo fim da escravidão ou pela sua manutenção diminuía cada vez mais. De qualquer forma, ainda existia um grande contingente de escravizados no país, e as sociedades abolicionistas cresciam e se tornavam mais agressivas exigindo o fim do trabalho escravo. Os mais insatisfeitos partiam para ações radicais, como promover fugas cada vez mais constantes para quilombos, que já não mais buscavam locais distantes para existir, mas se construíam dentro das maiores cidades do país, como o do Leblon, na cidade do Rio de Janeiro.

Foi em meio a um país extremamente dividido sobre o assunto que a Lei do Ventre Livre foi aprovada em 28 de setembro de 1871, estipulando que os nascidos "escravos", a partir daquela data, seriam considerados livres quando completassem 21 anos. Como muitas outras leis escritas, votadas e aprovadas sobre o assunto (bem como as muitas leis que são feitas até os dias de hoje no Brasil), fora criada transbordando de boas intenções, mas, na prática, pouco ou nada mudou de concreto no país depois dela, pois um dos trechos importantes da lei acabaria favorecendo os antigos senhores de escravizados.

Como assim?

Logo no início da lei n.º 2.040, de 28 de setembro de 1871, lia-se:

> Art. 1.º Os filhos de mulher escrava que nascerem no Império desde a data desta lei, serão considerados de condição livre.
>
> § 1.º Os ditos filhos menores ficarão em poder ou sob a autoridade dos senhores de suas mães, os quais terão a obrigação de criá-los e tratá-los até a idade de oito anos completos. Chegando o filho da escrava a esta idade, o senhor da mãe terá opção, ou de receber do Estado a indenização de 600.000, ou de utilizar-se dos serviços do menor até a idade de 21 anos completos. No primeiro caso, o Governo receberá o menor e lhe dará destino, em conformidade da presente lei.

Ou seja, no primeiro ou no segundo caso, o fato concreto é que o filho da escravizada continuaria propriedade do senhor de sua mãe ou do Estado até a idade de 21 anos.

Um belo exemplo de como se faz leis no Brasil, a reboque do condicional ou do circunstancial das conveniências daqueles que têm o poder no país e sem a menor preocupação de alcançar a coletividade, que, como os escravizados de tempos antigos, pouco ou nada conhece sobre as leis que regem seu destino.

Aracape ou redenção?

À medida que as dificuldades se tornavam crescentes para o tráfico e a venda de escravizados no Brasil após a promulgação da Lei Eusébio de Queirós, em certa medida tornando impossível a sua continuação, os grandes traficantes, foram também abandonando o negócio. No entanto, resistiam os pequenos traficantes que foram se especializando no tráfico da mão de obra escrava que ainda existia dentro do país.

O preço dos escravizados aumentou tanto que, aos poucos, pequenos fazendeiros, comerciantes e até cidadãos comuns passaram a não ser capazes de comprá-los e, em igual medida, de manter os que tinham. Os pequenos traficantes passaram a sobreviver do tráfico de tais escravizados, que eram vendidos e revendidos país afora, principalmente para as grandes plantações de café no Rio de Janeiro, em São Paulo e, mais para o final do século XIX, em Minas Gerais. Por várias razões, um dos estados que se tornou involuntariamente um grande fornecedor dessa mão de obra foi o Ceará.

O grande interesse pelos escravizados do Ceará nem foi causado pelos efeitos da Lei Eusébio de Queirós ou pelo movimento grevista do Dragão do Mar e dos jangadeiros cearenses que passaram a não desembarcar escravizados nos portos da então província. A verdadeira e dramática razão pela qual esse tráfico se tornou mais intenso foi a Grande Seca de 1877-1879, ainda hoje considerada o mais assustador fenômeno de seca já ocorrido no Brasil.

Foi uma verdadeira calamidade, que causou a morte de quinhentas mil pessoas e forçou a imigração de mais de um milhão de moradores para a Amazônia e outras regiões do país. A região do Ceará foi a mais afetada. Os três anos seguidos sem chuva, sem colheitas e, logicamente, sem plantio, provocaram a ruína de grande número de fazendeiros e de comerciantes nas cidades e no sertão. O estado, como quase todo o Nordeste, transformou-se em um deserto de gente. Sob tais circunstâncias, milhares de escravizados foram retirados do Ceará e levados para o sul do Brasil.

Por mais estranho que possa parecer, esse estado de extrema penúria serviu como munição para os argumentos dos abolicionistas locais. Eles insistiam que a escravidão, que nunca fora obviamente uma boa opção para os escravizados, passara a não ser também para o Ceará. Aos poucos, tal compreensão espalhou-se pela região e justamente o Ceará foi o primeiro a libertar seus cativos, mais de quatro anos antes da maior parte do país. Amazonas e Rio Grande do Sul também tomaram a mesma decisão anos antes da Lei Áurea ser assinada, beneficiando cerca de trinta mil escravizados. No Ceará, a primeira cidade a libertá-los foi a pequena Aracape, a 55 quilômetros de Fortaleza, que, por isso, mudaria seu nome para Redenção.

Empurrando com a barriga: a Lei dos Sexagenários

Mesmo que naqueles tempos muitos acreditassem que já havia passado da hora de acabar com a escravidão no Brasil e que muitos de seus antigos defensores já considerassem a exploração do trabalho escravo não lucrativa, em 1885 ainda existiam grupos e pessoas que propunham mantê-la pelo menos até as primeiras décadas do século XX.

A alegação era a mesma que mantivera milhões de seres humanos trazidos para o Brasil debaixo de chicote e muita crueldade: o país não suportaria a perda, da noite para o dia, das tais mãos que o sustentaram por mais de três séculos.

Fazendo jus ao estilo "empurrar com a barriga" a solução de problemas sérios e urgentes, Liberais e Conservadores, os principais partidos da época do Império, iam e vinham na tarefa de esperar que um ou outro tomasse a decisão de pôr um paradeiro na questão. Por anos, e sempre forçados pela opinião pública, os partidos foram levados a aprovar leis que, na prática, de nada ou muito pouco resolviam o problema, como a Lei dos Sexagenários, que facilitava a vida dos proprietários de escravizados.

Publicada oficialmente em 28 de setembro de 1885, sob o número 3.270, e também conhecida como Lei Saraiva-Cotegipe, essa lei garantia a liberdade de escravizados com sessenta anos ou mais — notoriamente de nenhuma utilidade, levando-se em conta que, naqueles tempos, a expectativa de vida no país não passava de quarenta anos até entre os que não eram escravizados.

Proposta por um dos maiores defensores dos interesses dos senhores de escravizados, o Barão de Cotegipe, a Lei dos Sexagenários livrou os proprietários do fardo de vestir, abrigar e alimentar uma mão de obra que já não tinha nenhuma ou muito pouca utilidade.

O Quilombo do Leblon

Nos anos oitenta do século XIX, a escravidão dava seus últimos suspiros em um país que não mais compreendia a existência desse modelo de exploração. Poucos viam sentido em sua permanência. Mesmo os setores que, durante séculos, valeram-se de milhões de escravizados para manter seus altos padrões de vida e ostentar uma riqueza surpreendente, em um país onde a grande maioria sobrevivia nos limites da maior penúria e pobreza, envergonhavam-se diante das frequentes críticas da comunidade internacional, cada vez maiores.

Os mais indignados passariam a apoiar os esforços das muitas sociedades abolicionistas que se espalhavam pelo país, principalmente aquelas voltadas para ações mais radicais, como os Caifazes, organizados por Antônio Bento de Souza e Castro, em São Paulo, e aqueles que, no Rio de Janeiro, eram identificados pela camélia branca que traziam presa às roupas ou, no caso de mulheres, presa aos cabelos. Uma das maneiras pelas quais esses grupos buscavam pressionar os políticos e as autoridades era ridicularizando-os, por exemplo, estabelecendo quilombos próximo ou dentro das grandes cidades. Os Caifazes tinham o Quilombo Jabaquara, mais uma pequena cidade do que um quilombo, destinado a negros fugidos, nas imediações da cidade de Santos. No Rio de Janeiro, os abolicionistas tinham o Quilombo do Leblon.

Falando especificamente do Quilombo do Leblon, sua origem é das mais curiosas. As terras onde foi construído pertenceram durante muitos anos a um francês chamado Charles Leblon, que acabou vendendo-as a um português de nome José de Seixas Magalhães, comerciante de malas, que comprara a chácara pensando em cultivar flores no local, especialmente camélias brancas.

Brasil tumbeiro

Simpatizante da causa abolicionista, Seixas Magalhães começou a abrigar escravizados que eram mandados por membros das muitas sociedades abolicionistas existentes na cidade, a partir de 1850. Naquele tempo, o Leblon era um local distante e ermo, em nada se parecia com o bairro elegante e dos mais caros do mundo que é hoje (o próprio Quilombo existiu em um dos espaços mais exclusivos do bairro, atual Clube Campestre Guanabara).

Para se identificar, passaram a usar as camélias brancas plantadas na chácara. No auge da luta abolicionista, aquela flor identificaria os abolicionistas e seus simpatizantes e a própria Princesa Isabel, que chegou a promover com o marido e filhos a primeira batalha de flores de Petrópolis, onde costumeiramente ela e a família arrecadavam fundos para ajudar na compra de alforrias ou em outras ações mais radicais dos abolicionistas, como a fuga de escravizados.

Lei Áurea — começo ou fim?

A Lei Áurea ou lei n.º 3.353, de 13 de maio de 1888, foi a lei que extinguiu a escravidão no Brasil. O projeto dessa lei foi elaborado e submetido à aprovação do Senado Imperial Brasileiro pelo senador Rodrigo Augusto da Silva, em 11 de maio de 1888. Os senadores votaram e, dois dias depois, a lei foi sancionada pela Princesa Isabel, que exercia, na época, a função de Princesa Regente, pois seu pai, o imperador D. Pedro II, estava fora do país por problemas de saúde.
O texto da Lei Áurea, de autoria de Rodrigo Augusto da Silva, Secretário de Estado dos Negócios d'Agricultura, Comércio e Obras Públicas, foi assinado por ele e pela Princesa Isabel. A seguir, temos o texto original, transcrito a partir do manuscrito disponível no Arquivo Nacional.

Lei nº. 3.353, de 13 de Maio de 1888.

Declara extincta a escravidão no Brasil

PRINCEZA IMPERIAL Regente, *em nome de Sua Magestade o Imperador, o Senhor* D. PEDRO II, *faz saber a todos os subditos do* IMPERIO *que a Assembleia Geral decretou e ela sancionou a lei seguinte:*
Artigo 1.º É declarada extincta desde a data desta lei a escravidão no Brasil.
Artigo 2.º Revogam-se as disposições em contrario.
Manda, portanto, a todas as autoridades, a quem o conhecimento e execução da referida Lei pertencer, que a cumpram, e façam cumprir e guardar tão inteiramente como nella se contem.
O secretario de Estado dos Negocios d'Agricultura, Comercio e Obras Publicas e interino dos Negocios Estrangeiros, Bacharel Rodrigo Augusto da Silva, do Conselho de Sua Magestade o Imperador, o faça imprimir, publicar e correr.
Dada no Palacio do Rio de Janeiro, em 13 de maio de 1888, 67.º da Independencia e do Imperio.

Carta de lei, pela qual Vossa Alteza Imperial manda executar o Decreto da Assemblea Geral, que houve por bem sanccionar, declarando extincta a escravidão no Brasil, como nella se declara.

Para Vossa Alteza Imperial ver.
Chancellaria-mór do Imperio.
Antonio Ferreira Vianna.
Transitou em 13 de Maio de 1888.
José Júlio de Albuquerque

PARTE III

Racismo e preconceito

Muito se escreveu e, certamente, muito ainda se escreverá sobre a escravidão no Brasil, particularmente sobre as muitas contradições que acompanharam sua existência desde que o primeiro africano escravizado pôs os pés neste país, ainda no período em que éramos colônia portuguesa. Nada mais contraditório dentre os muitos temas relacionados à exploração da mão de obra escravizada neste país do que o fato de alguns escravizadores terem sido igualmente negros e, com frequência, ex-escravizados.

Desde figuras lendárias como Chica da Silva até nomes ainda pouco conhecidos da História do Brasil, o estudo de suas vidas se torna interessante exatamente para compreender muitas das regras não escritas que regem as relações étnicas no país. Alguns exemplos são importantes, pelo menos para compreender as dificuldades que muitos deles, mesmo transformados em homens ricos, enfrentavam no seu dia a dia.

Nascido em 10 de janeiro de 1826, mais de meio século antes da Abolição, Francisco Paulo de Almeida passaria à História como Barão de Guaraciaba — título a ele conferido pela Princesa Isabel nos últimos dias do ano de 1887. Reconhecido como o negro mais rico do Brasil de sua época, o Barão era proprietário de inúmeras fazendas, onde explorava o trabalho de mais de duzentos escravizados, e, ao longo de sua vida, fora também banqueiro e ourives.

Conta-se que era excelente violinista e atribui-se parte de seu sucesso financeiro às horas que passou tocando em velórios para ganhar algum dinheiro extra que formaria sua imensa fortuna. Infelizmente, nem a riqueza nem o título de nobreza conferido por um governo que estava visivelmente desacreditado em fins do século XIX, ou o fato de seus filhos terem estudado na França e ocuparem cargos de destaque na sociedade baiana, foram suficientes para vencer os obstáculos criados pela elite branca da Bahia.

As pressões eram constantes e a exclusão social foi a arma mais eficiente para conservá-lo em um quilombo impalpável de desprezo e inveja, de onde nem o seu inegável sucesso financeiro pôde tirá-lo. Morto em 9 de fevereiro de 1901, seu destino foi igual ao de muitos ex-escravizados que acreditaram que conquistar liberdade e riqueza seria suficiente para conseguir espaço na elite política e social da época.

Esse seria também o caso de outro baiano, Manoel Joaquim Ricardo. Morto em 1865, com noventa anos e inegavavelmente rico, deixou para a viúva e os quatro filhos uma fortuna constituída por vinte e oito escravizados — sim, ele também os tinha, se bem que em menor número —, quatro casas, uma senzala e duas roças. Igualmente ex-escravizado, sua existência faz parte de um aspecto ainda pouco estudado, mas muito interessante da história da escravidão no Brasil: os ex-escravizados que eram senhores e exploradores de mão de obra de escravizados.

Esse fenômeno nos encaminha à reflexão sobre como funciona a instituição racista no país. Racismo, por definição, configura uma ideia de alguém que acredita nas "raças" — aqui, em uma ocorrência vinculada à uma teoria pseudocientífica de supremacia.

No Brasil, é comum a negação a respeito dessa problemática já bastante secular em nossa história, contudo, não é preciso olhar para muito longe para compreender que essa negação somente fomenta a própria opressão. Para usar do exemplo futebolístico, basta pensarmos que, embora existam jogadores negros, como foi Pelé, levando seus times a grandes conquistas, raramante se vê um homem ou mulher negra no comando de um time, como técnico. Não à toa, a realidade coloca, de forma racista, negros em posições subalternas, minando a autoestima dos jovens afrodescendentes e endurecendo, sob outro nome, a mesma instituição responsável pelos navios tumbeiros.

De tal modo, faz-se necessário entender os caminhos dessa história, compreendendo social e historicamente as diversas facetas desse covarde sistema de dominação que é o racismo.

Brasil tumbeiro

Teorias

Em 1859, o inglês Charles Darwin publicou o livro *A origem das espécies*, em que apresenta uma teoria a respeito da evolução das espécies. Seu trabalho foi, sob todos os aspectos, revolucionário, capaz de provocar as mais diferentes reações e discussões, a começar pelo questionamento em relação à versão, até então não discutida, acerca da origem divina tanto dos seres humanos quanto do mundo em si. Aos poucos, a teoria de Darwin foi sendo aceita e, como parte de sua aceitação, gerou outros tantos aspectos e teorias. Uma das mais preocupantes certamente é aquela associada a nomes como o de Francis Galton, primo de Darwin e autor do livro *O gênio hereditário* (1869).

Dalton, autor do termo "eugenia", que em grego significa "bem-nascido", apossou-se das teorias do parente mais famoso e desenvolveu uma pseudociência (ou ciência falsa), a que deu esse nome e que, em linhas gerais, propunha a seleção dos melhores exemplares da espécie humana para gerar seres melhores. Dentro de sua lógica, os grupamentos começaram a ser selecionados por suas características, e, entre elas, a cor assumiu um papel de destaque. Avançando um pouco mais, a superioridade da então identificada como "raça branca" parte de uma grande quantidade de ideias sem nenhum amparo científico, que eram difundidas no final do século XIX por muitos e muitos nomes esquecidos pela História (outros, infelizmente, não). Aos olhos de Dalton, essas ideias lhe garantiam um papel privilegiado no planeta em comparação com as outras "raças", identificadas como "negra" (africanos) e "amarela" (asiáticos e provavelmente indígenas de outras partes do planeta; para alguns, alcançados pela definição de "vermelhos" também). A "raça branca" seria a "raça superior", cujo papel, definido no famoso poema *O fardo do homem branco*, do inglês Rudyard Kipling, seria guiar as outras "raças" para alcançarem seu estágio evolutivo.

Por si só absurdas, tais propostas encantaram amplos setores, inclusive da ciência da época, e não foi diferente no caso do Brasil, onde, logo após a Abolição da Escravidão e durante boa parte das primeiras décadas do século XX, muitos propunham seriamente a erradicação das tais "raças inferiores" ou a substituição por membros de "raças brancas", no caso, imigrantes vindos da Europa. Alguns iam até mais longe e acreditavam seriamente que, com o tempo, a "mistura boa" de brancos com outras "raças" produziria o embranquecimento geral da população brasileira.

Caso se deseje colocar uma data para definirmos a presença e até aceitação de tais ideias em nosso país, ela poderia começar com o discurso do médico e cientista brasileiro João Batista de Lacerda, durante o Congresso Universal das Raças, realizado em Londres, em 1911. A grande curiosidade da apresentação do brasileiro foi a exibição de um quadro, *A Redenção de Cam* (1895), do espanhol Modesto Brocos, em que se vê a imagem de uma família: uma mulher negra olhando para os céus em gesto de agradecimento, diante de outra mulher mestiça, que está sentada com uma criança branca no colo, tendo à direita de ambas um homem branco observando a esposa mestiça e o filho branco que ela tem no colo. A imagem defendia a tese de Lacerda de que, com o tempo, esse seria o processo que transformaria o Brasil em um país de "gente branca".

Essa visão eugênica ganharia adeptos e, entre as situações mais graves que criaria ao longo do tempo, teríamos o surgimento de teorias não apenas "científicas", mas também políticas, que se apoderariam dela para seus discursos de ódio e racismo, produzindo concretamente o nazismo alemão que provocaria a Segunda Guerra Mundial e que, até os dias de hoje, sob diferentes nomes, encontra-se entre nós.

No futebol

Em 1894, seis anos após a Abolição da Escravatura no Brasil, o paulista Charles Miller retornou da Inglaterra depois de mais um período de estudos. Na bagagem, trouxe duas bolas de couro, uma bomba para enchê-las, um par de chuteiras e uniformes usados, mas principalmente um livreto com as regras de um esporte chamado *football*, naqueles tempos já se profissionalizando em território inglês.

O primeiro clube de futebol da história foi o Sheffield FC, criado em 1857, onde foram escritos os primeiros regulamentos do novo esporte; mas os primeiros clubes profissionais foram seus rivais, o Sheffield United e o Sheffield Wednesday, nos últimos anos do século XIX.

Difundido e praticado com grande entusiasmo pela elite branca da época no Brasil, teve sua primeira partida realizada um ano depois, no dia 14 de abril de 1895, reunindo ingleses e anglo-brasileiros da São Paulo Gaz Company e da estrada de ferro São Paulo Railway Company, na Várzea do Carmo, em São Paulo.

Embora em seus anos iniciais no Brasil o futebol tenha sido considerado um esporte de branco e de gente rica — o escritor Lima Barreto, por exemplo, o odiava e em muitos de seus textos o mencionou desaprovadoramente —, rapidamente caiu no gosto da população em geral. Infelizmente, isso não facilitou em nada as coisas para os negros que, na maior parte dos casos, sequer assistiam aos jogos, que eram caríssimos e realizados em clubes cuja entrada era proibida para eles, a não ser, é claro, como empregados. No entanto, como se sabe, os negros viriam a vestir as camisas dos muitos clubes que surgiriam pelo país inteiro.

Obviamente, o crescente interesse inviabilizaria a longo prazo a proibição da participação de negros nas atividades do novo e apaixonante esporte, mas, mesmo assim, as associações que reuniam os clubes criavam toda sorte de obstáculos ou proibiam a filiação de "clubes populares" — expressão que definia entidades esportivas formadas por trabalhadores, como a Ponte Preta, da cidade paulista de Campinas, ou o Vasco da Gama, da cidade do Rio de Janeiro, que foi campeão em 1928 e "premiado" com a desfiliação do clube da Federação de Futebol por ter entre seus jogadores atletas negros.

A libertação dos escravizados era fato recente, e os preconceitos construídos ao longo de mais de trezentos anos haviam criado raízes profundas naqueles que exploraram e enriqueceram às custas da mão de obra escrava e que, obviamente, não pretendiam dividir o que poderíamos chamar de "espaços de privilégios" com a grande maioria de pobres explorados por meio de salários baixos e negação de cidadania. Como faziam parte dos detentores de poder, inclusive político, eles também definiam as regras, inclusive no caso do futebol.

Em 1922, dando prosseguimento a essa tentativa de afastar os pobres do futebol, convenceram o presidente da época, Epitácio Pessoa, a assinar um decreto em que, sem meias palavras, proibia os negros de participar de ligas esportivas locais e, portanto, de vestir a camisa da seleção brasileira que disputaria a Copa América, justamente na cidade do Rio de Janeiro. Seria a segunda vez que a Copa seria disputada no Brasil e deixaria de fora da equipe justamente o maior jogador da época, Arthur Friedenreich (negro, filho de pai alemão e mãe brasileira). Felizmente, a população se rebelou contra tal decreto e Friedenreich voltou à seleção da qual era o artilheiro havia anos. O Brasil ganhou a Copa e o presidente revogou o decreto sem sentido (uma tradição entre nossos políticos).

O decreto foi revogado, mas o preconceito continuou mais forte do que nunca. Tempos depois, alcançaria outro grande jogador da época, o goleiro Barbosa, da seleção brasileira de 1950, responsabilizado por um segundo gol que nos tirou a Copa do Mundo daquele ano, disputada no Brasil — o que faria surgir outro preconceito estúpido que ainda ronda nossos campos de futebol, apesar de todas as provas em contrário: a de que negros não são bons goleiros.

Assim é o preconceito e o racismo, alimentando-se de visões equivocadas e estabelecendo crenças inteiramente sem sentido ou prova. Os tempos são outros e, por vezes, acreditamos que tanto um quanto outro abandonaram as quatro linhas do campo de futebol, mas, aqui e ali, somos apresentados aos dois, que resistem teimosamente nas multidões barulhentas das arquibancadas, no silêncio covarde que não explica a quase ausência de treinadores negros à beira do gramado de nossas principais divisões de futebol. Vemos também na violência que, em mais de uma ocasião, se apresenta na estupidez do torcedor frustrado com a derrota de seu clube do coração, ora xingando os jogadores adversários, ora xingando seus próprios jogadores, ofendendo-os e mesmo agredindo-os fisicamente por causa da cor de sua pele.

Mario Aranha

Posfácio
Indignação e revolta

No dia 28 de agosto de 2014, então goleiro jogando pelo Santos F. C., decidi não me calar mais e enfrentar um problema ainda comum dentro dos estádios brasileiros.

Em uma partida onde minha equipe ganhava da adversária, cheguei ao meu limite e, sendo atendido por parte da imprensa que fazia a cobertura jornalística do jogo com o Grêmio, decidi cobrar por respeito e justiça. Sentia-me totalmente desrespeitado em uma partida de futebol transmitida para todo o país e para boa parte do mundo. Interrompi o jogo e exigi que o árbitro tomasse uma atitude diante das agressões que sofria por parte da torcida gremista. Minha indignação e revolta eram tamanhas que chamaram a atenção de todos para um problema nacional que persiste em atrasar e constranger o Brasil: o racismo.

As reações mais imediatas envolveram a eliminação sumária da equipe porto-alegrense do torneio e o encaminhamento do caso para o Ministério Público. No entanto, o aspecto mais importante de tão triste acontecimento foi, sem sombra de dúvida, a onda de debates que surgiu por todo o país sobre um problema que ocorre no espaço até certo ponto privilegiado dos campos de futebol brasileiros ou nas periferias mais violentas de nossas cidades, e que sempre acaba "jogado para debaixo do grosso tapete das conveniências", tão a gosto do racismo estrutural que até hoje define e "organiza" as relações sociais entre nós.

De um momento para o outro, mesmo a contragosto de certas autoridades que administram nosso futebol, o assunto estava em programas e nos noticiários de televisão, ocupava páginas de revistas e jornais, e, como um rastilho de pólvora, aparecia também nas páginas e telas do mundo inteiro.

Por um lado, os racistas mais renitentes e seus semelhantes mais silenciosos se juntaram e se apressaram em me rotular como encrenqueiro e abusado; seus comentários, principalmente nas mídias sociais, atraíram novos simpatizantes, os ataques se multiplicaram em um volume inesperadamente grande.

Por outro, amplos setores de nossa sociedade, principalmente os negros e afrodescendentes, muitos conhecedores desse racismo cotidiano que inferniza e até mata, começaram a refletir mais seriamente sobre o assunto e buscar em mim uma voz que até então não tinham ou que se resignava ao já rotineiro "deixa pra lá" — conhecido por qualquer um que tenta denunciar um ato de racismo neste país.

Entre uns e outros, me mantive inflexível e não arredei pé de minha posição, deixando de expor meu trabalho para me preocupar em expor ideias e mostrar que já tinha consciência do racismo, entrando de vez no combate direto contra o preconceito.

Tudo que se faz na vida gera consequências. Se continuei recebendo incompreensão daqueles que se incomodavam com a minha voz, também mereci apoio, elogio e mesmo honrarias de outros, como o Prêmio de Direitos Humanos que recebi do Governo Federal, entre tantos outros vindos de várias partes do Brasil, à medida que expunha minhas ideias e o conhecimento que adquiri sobre a história do negro e o racismo dentro e fora do esporte. Realizei palestras e mesas de debates para pequenos e grandes públicos em universidades e outras tantas instituições de ensino, bem como apresentações em documentários e entrevistas para o Brasil e o exterior — atividades que se estendem até os dias de hoje. Fora dos gramados, me dedico exclusivamente a falar sobre o mal causado pelo racismo e como este se mostra prejudicial para o país.

Mario Aranha

BRASIL TUMBEIRO

TEXTOS COMPLEMENTARES

O AUTOR

Mario Aranha: o guardador do futuro

    O nome de Aranha, sem dúvidas, costuma ser reconhecido quando antecedido da palavra "goleiro". Mario Lucio Duarte Costa é um ex-futebolista conhecido pelo nome de Aranha. Goleiro, protagonizou uma das mais importantes manifestações antirracistas do futebol. Vale lembrar quando, em sua atuação pelo Santos numa partida contra a equipe sulista do Grêmio, Aranha, incomodado com as ofensas racistas dirigidas a ele, negro defensor das redes santistas, expôs o caso ao árbitro da partida e, posteriormente, aos jornalistas presentes para a cobertura do jogo. Para além dos desdobramentos mais imediatos e das punições sofridas pela equipe gremista, destaca-se outro importante aspecto do emblemático ato de Aranha: o não se calar.

A não aceitação da pseudocondição de inferioridade que os racistas insistem em propagar é, sem dúvida, um dos pilares da vida de muitos negros e afrodescendentes no país, da vida de Aranha e, também, deste livro. Cabe dizer, assim, que embora Aranha tenha feito a denúncia de racismo em uma partida futebolística no ano de 2014, com certeza essa não foi a primeira vez em que ele se deparou com tal situação, no meio esportivo e fora dele, diga-se de passagem.

Nesse sentido, como o próprio goleiro-autor virá nos lembrar, sobretudo pela materialização desta obra, o caso de 2014, se tomado como um grito, de Aranha e de tantos outros cansados de serem discriminados e desfavorecidos por conta de sua cor, com certeza, ecoou. Mobilizou debates, gerou novas diretrizes para o futebol – essas que, ainda que injustificavelmente lentas, seguem avançado no combate à segregação racial – e possibilitou que, como acontece quando um assunto sério é tratado na televisão, em um *reality show*, por exemplo, o assunto ficasse na "boca de todos".

A sua trajetória de vida, bem como a oportunidade de exibir o seu sonoro NÃO ao racismo em diversos veículos de comunicação, tornou a voz de Aranha um verdadeiro e necessário motor para o fomento do debate sobre a falsa ideia de democracia racial que há no Brasil. Por isso, Aranha não poderia parar.

Assim, hoje, mesmo fora dos gramados, Mario Aranha continua a lutar em prol de uma realidade combativa em relação ao racismo (palestras, textos em jornais e, agora, *Brasil tumbeiro*), defendendo não as redes de uma equipe esportiva, mas a possibilidade de um futuro digno e consciente para a maioria dos jovens em situação de vulnerabilidade no país, não coincidentemente, a juventude afrodescendente. Um futuro em que ninguém mais se cale diante do absurdo e do horror que é o preconceito racial.

A OBRA

Brasil tumbeiro poderia ser definida como uma obra necessária – e não que deixe de ser. Contudo, defini-la como necessária faz soar aos nossos ouvidos uma ideia de que se trata de um tema, de um problema, que, até então, ninguém havia percebido — o que, tristemente, não é caso. Faz-se pertinente, portanto, extravasar certos limites que colocam obras que falam da história da escravidão e do racismo somente como necessárias; afinal, elas existem há anos e até agora poucos parecem estar dando ouvidos; assim, muito em função do persistente cenário desigual que é o Brasil, social e economicamente, *Brasil tumbeiro* se faz, ainda, extremamente revolucionário.

De forma mais poética, pode-se dizer, *Brasil tumbeiro* é um eco que dá voltas. Para destrinchar a expressão, basta pensar que não sendo a primeira obra do tema, traz na força de suas letras toda uma história de subversidade simplesmente por existir; soma-se, a isso, o fato de ter sido escrita por alguém que vivenciou na pele o racismo brasileiro e escolheu, ainda assim, sem diminuir aqueles que o fazem, falar de si mesmo por meio dos Outros. As palavras de Aranha, de tal maneira, ecoam toda uma história de nosso país; por mais que almejando um melhor futuro, reconhece a importância de se revisitar e de se recontar as histórias oficiais sobre a Escravidão, de voltar ao passado.

É por meio da sua história, do seu contato com a trajetória de seu próprio coletivo, a identidade de toda uma comunidade (a comunidade negra), que Aranha nos oferece uma outra perspectiva do que foi a escravidão no país, dessa vez, contada a partir não de personalidades brancas ou princesas salvadoras, mas da trajetória de luta de diversos negros e negras que, desde à chegada ao Brasil – à força, em navios negreiros (ou tumbeiros, para honrar o nome da obra) –, a seu modo e como puderam, resistiram.

A obra, assim, oferta aos leitores biografias, imbuídas de memórias e comentários do autor a respeito de seu contato com elas. No que tange à concepção literária, é como se Aranha nos mostrasse como conheceu e conversou com Machado de Assis, Dandara, Ganga Zumba e tantos outros. Trata-se, portanto, de um trabalho feito no limiar entre o real e o ficcional, amparado por concepções éticas que não observam a história do Brasil de uma perspectiva branca e, por vezes, mesmo que involuntária, excludente com a história da comunidade negra.

Nessa direção, compreende entender que o autor desmistifica discursos oficiais e, com esse ato, denuncia-os, denotando o alinhamento, muitas vezes, com o pensamento escravocrata que imperou durante boa parte da história brasileira e hoje se adapta sob novas formas de um equivocado modo de pensar o mundo sob o manto gasto do racismo. Para tanto, faz uso de estratégias literárias modernas, ao adotar formas narrativas que se apresentam sob a égide dos fatos (como a biografia e a análise de documentos históricos); contudo, na impossibilidade de um discurso parcial, Mario Aranha ampara-se em uma subjetividade que explora uma leitura de mundo potente e real.

O Outro e o Eu

É de autoria do poeta Sérgio Vaz, mineiro e marginal (nome usado para falar de autores que atuam fora dos circuitos das grandes editoras), a seguinte expressão: "Revolucionário é todo aquele que quer mudar o mundo e tem a coragem de começar por si mesmo". Talvez, caiba ao leitor pensar na relação do narrador desta obra, que coincide em grande parte com a figura do autor, e o objeto narrado (as biografias e a história da escravidão e da luta contra ela no país), ao mesmo tempo em que se tem, como norte, a frase de Vaz.

O leitor que, com *Brasil tumbeiro* em mãos, decide abri-lo e lê-lo, vai se deparar com as possibilidades de Revolução de que fala Sérgio Vaz. Não somente pelo conteúdo da obra, mas pela forma como Aranha decide abordá-la, isto é, de certo modo, nos contando como se deu o seu próprio processo de descoberta e ressignificação das diversas histórias que compõem o sujeito: a história de sua vida, a história de antes de sua vida, a história de tudo aquilo que o cerca.

Brasil tumbeiro, assim, faz-se como uma obra cuja leitura aponta o exercício da alteridade. Afinal, não é uma obra destinada tão somente aos brasileiros afrodescendentes, mas a todos os brasileiros que compreendem que, cruelmente, o Brasil se construiu sobre um passado escravocrata e que, embora na pele não carreguem a cor daqueles que foram escravizados, boa parte do mundo que o cerca se sustenta sobre uma história muito apagada. Desse modo, o leitor-aluno da obra passa a olhar para biografias e relatos, de modo a encontrar um pouco desse novo modo de ver a si mesmo, de se revolucionar enquanto sujeito no mundo, para, quem sabe, abalar, a partir daí, as formas de se relacionar com o Outro e com o ao redor.

Preza, portanto, mergulhar na obra a partir de uma leitura atenta, capaz de pôr em foco as relações contemporâneas e históricas, bem como os mecanismos literários responsáveis pela composição dos gêneros literários e não literários que ali aparecem.

Biografias, relatos e memórias

Para muitos, a biografia é um gênero imparcial, capaz de contar a vida de uma pessoa tal qual ela se passou. Ler *Brasil tumbeiro* é descobrir que tal afirmação não poderia estar mais equivocada. Contudo, não se trata de penetrar uma obra acreditando que, por isso, a visão ali exposta estará equivocada, ainda mais, nesse caso – que almeja desvelar o preconceito e o racismo presente na história do país –, mas, sim, de compreender que todo discurso envolve escolhas e, toda escolha, acaba sendo também uma renúncia.

Dessa maneira, compreende ao leitor enxergar *Brasil tumbeiro* não apenas como um acúmulo de informação, mas uma literatura que mobiliza a história de Outro (outros indivíduos e outros momentos históricos) a partir de um Eu, o autor-narrador. Nessa direção, o que Mario Aranha faz é aplicar um conceito chamado *biografema*, cunhado por Roland Barthes (crítico literário francês), para propor uma narrativa biográfica dessas diversas personalidades, desses distintos momentos, na medida em que, muito do que é expresso, corresponde diretamente à história individual do autor.

Não se trata de mais uma vez a história do Brasil ser contada a partir, exclusivamente, de uma biografia que se alinha com o apagamento de tradições ou, como coloca Mario, o "embranquecimento" de importantes figuras. A obra, então, pode ser vista como uma livre produção textual, a partir da qual o narrador coloca à luz de sua narração elementos que compõem a sua história enquanto homem negro no Brasil contemporâneo.

Assim, biografando os outros, Mario Aranha acaba por biografar todo um sentimento daqueles que sofrem, tristemente, com o preconceito e com o legado da escravidão. Portanto, por meio de personas, teorias, pesquisas e relatos faz-se *Brasil tumbeiro*, irrompendo não somente com a ideia comum da história da escravidão, mas também com o senso comum a respeito das fronteiras (e das fragmentações) entre os gêneros textuais, elaborando uma obra bastante plural em significações coerentes com a realidade em que ela se produz: uma realidade moderna, fragmentada e, muitas vezes, órfã de um futuro mais inclusivo e menos preconceituoso.

Biografia

Se os gêneros textuais podem ser vistos a partir de uma divisão em que se separam ficção e não ficção, o gênero biográfico compreende uma subcategoria deste último. Em sua etimologia, encontra-se uma definição bastante sucinta daquilo que será o esqueleto desse gênero: bio será responsável por denotar o sentido de "vida"; já grafia, o sentido da escrita.

É comum, nesse momento, pensarmos que se apenas isso (a escrita da vida) caracteriza uma biografia, o gênero conta, ainda, com muitas derivações, como a autobiografia – quando alguém escreve sobre a própria vida; ficaremos com o conceito de biografia, contudo, quando um terceiro fala da vida de outrem. Vale ressaltar, porém, que a distinção entre as formas é um pensamento inicial importante, capaz de desdobrar e aguçar nossa percepção literária aos seguintes questionamentos: Qualquer um pode fazer uma biografia? Quanto de uma vida deve aparecer em um texto biográfico? Trata-se de um documento histórico? Tudo que li é a mais pura verdade?

Acalmemo-nos; compreender a ideia da biografia não é uma tarefa de solução imediata. Afinal, uma biografia implica, em fato, um lugar muito especial, uma espécie de limite, zona de encontro, entre a vida do biografado e de quem biografa, mesmo que sejam a mesma pessoa, mesmo que não se conheçam. Isto é, o leitor precisa confiar, ou aprender a desconfiar do texto que se tem em mãos, sabendo reconhecê-lo no mundo como uma ferramenta óptica que o auxiliará e fomentará amplitude de conhecimentos sobre determinado assunto ou pessoa, mas jamais como sendo a única, uma espécie de dogma.

Uma biografia é, afinal, um texto narrativo, e, por isso, implica determinadas escolhas do autor, como quais fatos contar ou como relacionar o fato de nunca se ter falado sobre isso com a realidade do meu público leitor. Nesse sentido, começamos a perceber que as biografias, embora apresentem características em comum (predomínio de verbos no tempo passado, preferência por uma ordem cronológica dos fatos, marcadores temporais bem definidos, entre outros), não são um tipo de texto que se sustenta sozinho, mas que carece de aguçada percepção do leitor, um aceno à desconfiança, à leitura crítica.

Isso acontece porque uma biografia é produzida sempre dentro de um determinado tempo e de um determinado espaço. Para citar o exemplo mais famoso, daqueles que os professores de História não podem deixar de falar, mencionemos *Mein Kampf* (*Minha luta*, em português), obra de Adolf Hitler, publicada sob o signo da biografia em 1925, em um contexto em que, lida sem nenhum senso crítico, ajudou a difundir os ideais assombrosos do nazismo. Em outras palavras, leitor, uma biografia não é um documento histórico, um atestado de verdade, embora, não por isso, deixe de produzir efeitos significativos na sociedade.

Em *Brasil tumbeiro*, encontramos uma série de biografias bastante objetivas, mas que passam pelo senso crítico do autor, Mario Aranha, que faz, silenciosamente, um pacto com o leitor, ao trazer, antes de narrar a vida dessas personas, a sua própria história enquanto homem negro no Brasil, como um nítido documento de autoridade, que lhe confere não a certeza universal sobre os fatos, mas mostra que a sua intenção com a obra jamais será a de propagar a exclusão e o preconceito. De tal modo, às biografias somam-se comentários pertinentes ao tema (o apagamento de toda uma tradição, cultura e história – a luta negra), uma pequena fuga ao senso comum do gênero, como quem o moderniza e o tira da seção de livros antigos de uma biblioteca, colocando-o em uma linguagem mais jovem, mais real.

Com isso, vemos que as biografias de *Brasil tumbeiro* são imbuídas pelas memórias do autor, que conta, sobretudo, quando as descobriu, criando uma espécie de narrativa paralela à vida dos biografados, com a qual é permitido ao leitor, também, identificar-se. Além disso, a obra de Aranha "biografa" documentos e fatos históricos, assim se pode dizer, isto é, o autor apresenta a sua visão e a relação desses documentos históricos e distantes, cronologicamente, do Brasil contemporâneo, mas que, socialmente, ainda se fazem muito importantes para compreendermos o porquê de uma falsa ideia de democracia racial ainda vigorar tanto em nosso cotidiano.

As biografias podem ser, assim, um gênero revelador não apenas do passado, mas da vida presente daqueles que, direta ou indiretamente, relacionam-se com aquela história. No caso da narrativa sobre o apagamento da cultura e das pessoas negras no país, uma obra reveladora, em maiores ou menores aspectos, da identidade de todos os brasileiros.

Memórias e relatos

Para aprofundar as acepções do tópico anterior, sobre as facetas do gênero biográfico, podemos, ainda, destacar duas outras formas textuais que interpenetram, isto é, atravessam a proposta biográfica de Aranha: as memórias e as biografias.

É comum que as primeiras, as memórias, sejam associadas a produções biográficas; afinal, é preciso lembrar para se escrever o passado, contudo, elas trazem uma característica que pode passar desapercebida: a pessoalidade. Assim, as memórias indicam a construção de um indivíduo que as recupera a partir de sua própria vivência. Nessa direção, é interessante notar como o autor, em meio às narrativas biográficas, aos comentários que faz sobre informações históricas, empreende pequenos gestos de sua própria história, nos revelando, muitas vezes, como se deu o seu primeiro contato com aquele conhecimento e quais foram as suas reações.

De um modo mais simplificado de se pensar, é como se estivéssemos diante de um diário de leituras, recheado com as principais informações do conhecimento e com as reações e reflexões do leitor diante delas. Somando essas duas características, encontramos a produção de uma espécie de relatório, que longe das interpretações mais científicas e objetivas, pode ser visto, somente, como um relato.

Biografias, memórias e relatos, assim, fundem-se na materialização de *Brasil tumbeiro*. Gêneros que fazem fronteira, aqui, decidem encará-las não como zonas de separação, mas como pontos comuns de contato. Esse é, afinal, um dos muitos aspectos que coloca a obra como dotada de expressão literária fortuita aos estudos e às reflexões dos leitores. Traz, no seu próprio esqueleto textual, na sua forma, muito bem representado aquilo que seu conteúdo pretende alcançar: uma forma de ver o mundo a partir de inclusões, negando as fronteiras que nos separam, abraçando as diferenças.

EDITORA MOSTARDA
www.editoramostarda.com.br
Instagram: @editoramostarda

© Mario Aranha, 2021

Direção:	Fabiana Therense
	Pedro Mezette
Coordenação:	Andressa Maltese
Produção editorial:	A&A Studio de Criação
Revisão:	Júlio Emílio Braz
	Marcelo Montoza
	Nilce Bechara
	Rodrigo Luis
Ilustração:	Eduardo Vetillo
Direção de arte:	Leonardo Malavazzi
Diagramação:	Ione Santana
	Lucas Coutinho

Dados Internacionais de Catalogação na Publicação (CIP)
(Câmara Brasileira do Livro, SP, Brasil)

Aranha, Mario
   Brasil tumbeiro / Mario Aranha. -- 1. ed. --
Campinas, SP : Editora Mostarda, 2021.

   ISBN 978-65-88183-09-0

   1. Literatura infantojuvenil 2. Negros -
Literatura infantojuvenil I. Título.

21-62608   CDD-028.5

Índices para catálogo sistemático:

1. Literatura infantojuvenil 028.5
2. Literatura juvenil 028.5

Aline Graziele Benitez - Bibliotecária - CRB-1/3129